REENCONTRO
literatura

Miguel de Cervantes

Dom Quixote
O Cavaleiro da Triste Figura

Tradução e adaptação de
José Angeli

Ilustrações de
Salmo Dansa

editora scipione

Gerente editorial
Sâmia Rios

Editora
Maria Viana

Editor assistente
Adilson Miguel

Preparadora
Nair Hitomi Kayo

Revisoras
Ana Luiza Couto e
Nair Hitomi Kayo

Editora de arte
Marisa Iniesta Martin

Programador visual de capa e miolo
Didier Dias de Moraes

Diagramador
Jean Claudio da Silva Aranha

Roteiro de trabalho
Henrique Félix

editora scipione

Av. das Nações Unidas, 7221
Pinheiros
CEP 05425-902 – São Paulo – SP

ATENDIMENTO AO CLIENTE
Tel.: 4003-3061

www.coletivoleitor.com.br
e-mail: atendimento@aticascipione.com.br

2024

ISBN 978-85-262-6558-5 – AL

4.ª EDIÇÃO
10.ª impressão

CL: 735907

CAE: 213560

Impressão e acabamento
Log&Print Gráfica, Dados Variáveis e Logística S.A.

Esta obra foi publicada originalmente em 1988 (editora responsável: Maria Cristina Carletti).

Dados Internacionais de Catalogação na Publicação (CIP)
(Câmara Brasileira do Livro, SP, Brasil)

Angeli, José

Dom Quixote: o cavaleiro da triste figura/Miguel de Cervantes; tradução e adaptação em português de José Angeli; ilustrações de Salmo Dansa. – São Paulo: Scipione, 2007. – (Série Reencontro Literatura)

Título original: *Don Quijote*

1. Literatura infantojuvenil I. Cervantes Saavedra, Miguel de, 1547-1616. II. Dansa, Salmo. III. Título. IV. Série.

07-3442 CDD-028.5

Índices para catálogo sistemático:
1. Literatura infantojuvenil 028.5
2. Literatura juvenil 028.5

SUMÁRIO

QUEM FOI CERVANTES?

No século XVI, a Espanha ditava para o mundo como devia ser a cultura. De lá saíam as novas formas de literatura, a arquitetura das igrejas, os novos caminhos da pintura. Ali havia universidades famosas, que atraíam estudantes de toda a Europa, e uma corte cheia de brilho, frequentada por grandes artistas e intelectuais. Ao mesmo tempo, a Espanha era um país rico e poderoso. Para lá iam todo o ouro e a prata retirados das civilizações indígenas americanas recém-dominadas e a mão do rei se estendia pelo Caribe, pelas Américas e outros continentes e ilhas. Foi nessa época, marcada por requintadas formas de arte e sangrentas guerras de conquista, que nasceu Miguel de Cervantes Saavedra, na cidade de Alcalá, em 1547.

Filho de um barbeiro endividado, não se sabe se Cervantes fez escola ou universidade, mas estudou retórica e gramática com um professor em Madri. Lá também conviveu com boêmios e aventureiros de toda espécie e conheceu bastante o teatro que se fazia à época. Seus primeiros escritos foram poemas sobre a vida e a morte de D. Isabel, a terceira esposa do rei Filipe II.

Em 1571, a Espanha, unida com a República de Veneza e o Estado do Vaticano, derrotou os turcos que estavam invadindo a Europa, na histórica batalha de Lepanto, ocorrida na Grécia. Nessa batalha, Cervantes se distinguiu como soldado e ganhou a admiração do comandante das tropas, o rei D. João da Áustria. Quando voltava para a Espanha, em 1575, o navio em que viajava foi afundado por naves turcas. Aprisionado, ele passaria cinco anos como cativo na Argélia, de onde saiu somente depois de a família e os amigos pagarem alta soma como resgate.

Retornando finalmente à Espanha, já ninguém se lembrava dele. Foi então que, desgostoso com a vida militar, começou a escrever. Seu primeiro trabalho, o romance pastoril *Galatea,* não teve êxito junto ao público.

Para sobreviver, trabalhou em vários cargos públicos até chegar a coletor de impostos. Mas em 1597, acusado de corrupção, foi condenado à prisão. De lá ele sairia para a glória, pois na cadeia começou a escrever a primeira parte de *Dom Quixote.*

Pobre e sem recursos, Cervantes já estava em liberdade quando, em 1604, *Dom Quixote* foi publicado pela primeira vez. O sucesso foi tão grande que nesse mesmo ano as cinco edições do livro se esgotaram. Cervantes tinha então 58 anos e ainda veria, durante a sua vida, mais dezesseis edições espalhadas por toda a Europa, em várias línguas.

Estimulado com o êxito de *Dom Quixote,* Cervantes publicou suas *Novelas exemplares.* Escreveu peças de teatro e poesia, mas achou que não tinha talento para esses gêneros e, em 1615, voltou às narrativas longas para escrever a segunda parte de *Dom Quixote.*

Durante o século XVIII a obra *Dom Quixote* foi exaustivamente analisada e seu autor, admirado por toda a Europa. A partir do século XIX, não houve um só ano em que não saísse uma nova edição. A Sala Cervantes da Biblioteca de Madri tem hoje mais de três mil edições dessa obra, em todas as línguas do mundo. Acredita-se que *Dom Quixote* é o livro mais lido depois da Bíblia. Mas todo esse sucesso não rendeu nada para Cervantes, em termos materiais: no último ano de sua vida, ele se recolheu em um mosteiro franciscano e morreu pobre. Era 1616.

A intenção de Cervantes, ao escrever *Dom Quixote,* era satirizar a novela de cavalaria, que tinha sido muito popular na Europa e em sua época enfrentava a decadência. Mas acabou retratando o perfil do homem dividido entre a fantasia e a realidade.

Dom Quixote, fidalgo ingênuo e atraído pela história dos grandes cavaleiros medievais, sai pelo mundo como um deles, numa época em que isso já não existia mais. Nos seus delírios, luta contra moinhos de vento achando que são gigantes cruéis e beija a mão de uma guardadora de porcos, pensando que é sua amada Dulcineia.

Sancho Pança, seu fiel escudeiro, admira-o sem entendê-lo. Tem os pés na terra e uma visão prática das coisas, mas é fascinado pela loucura do amo. Quixote e Sancho são duas figuras cheias de bondade e pureza, num mundo onde já não há lugar para essas virtudes.

Mais do que uma sátira à novela de cavalaria, mais do que uma crítica à Espanha de seu tempo, que se dividia entre a tradição aristocrática e a modernidade, *Dom Quixote* é um hino em louvor à fantasia e à força poética, aspectos fundamentais para a alma humana.

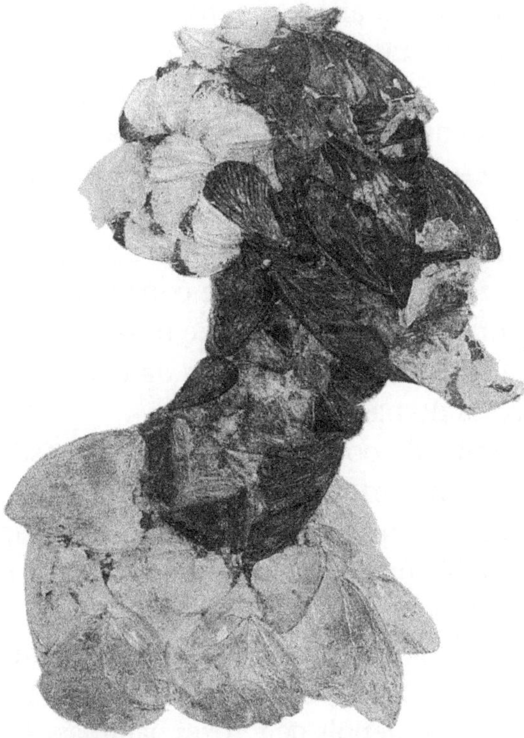

Aqui apresentamos Dom Quixote de la Mancha

Numa pequena aldeia da Mancha, província espanhola, vivia um fidalgo. Homem de costumes rigorosos e decadente fortuna. Dom Quesada ou Quixano – nunca ninguém soube ao certo – vivia da exploração de suas propriedades, que mal lhe rendiam para manter uma simples aparência de abastança. Homem forte, altivo e nervoso, cultivava a caça como esporte e forma de abastecer melhor sua mesa.

Aos cinquenta anos, magro, alto, de gestos imponentes e uma certa altivez forçada, era mais conhecido por sua enorme biblioteca, onde empenhava toda a moeda conseguida nas colheitas ou na venda sucessiva de partes de suas terras, do que propriamente por sua esquisita maneira de viver. Entre um povo de raras leituras, como era o de sua aldeia, causava espanto e admiração aquela voracidade com que comprava e consumia livros e mais livros. E o mais intrigante era que toda sua biblioteca só abrigava livros sobre as aventuras da cavalaria andante, na época coisa do passado.

Perambulando por sua propriedade ou visitando amigos da aldeia, o imaginoso fidalgo ia recompondo as aventuras que lia, incluindo-se no enredo como o principal herói e conduzindo a história ao seu bel-prazer. Para os habitantes da vila, imaginava papéis e ações conforme suas simpatias para com cada um. Fazia dos que lhe agradavam seus súditos, comandados ou infelizes prisioneiros de bruxas, que acabava por salvar depois de ferozes batalhas. Aqueles que não lhe mereciam as simpatias tinham como destino ser vilões ou feiticeiros, raptores de frágeis donzelas.

À força de tanto ler e imaginar, foi-se distanciando da realidade a ponto de já não poder distinguir em que dimensão vivia. Varando noites e noites à luz de um candeeiro, lia, relia e reconstruía, à sua maneira, o desenrolar de todas as aventuras. Aqueles livros, ultrapassados pelo tempo e cheios de citações absurdas, contribuíam para confundir ainda mais a mente do fidalgo. De um livro do escritor Feliciano da Silva, destacou um trecho que o excitava e exaltava: "A razão da sem-razão que à minha razão se faz, de tal maneira a minha razão enfraquece, que com razão me queixo de vossa formosura...". Com tais razões era fácil, ao nosso fidalgo, perder a razão.

Conversando com o pároco da aldeia ou com o barbeiro que lhe ajeitava o ralo cavanhaque – os únicos com paciência suficiente para escutá-lo –, ia desfiando os feitos de El Cid, de Amadis de Gaula, do Cavaleiro Palmeirim de Inglaterra, como se junto deles estivesse, orientando-os com seus conselhos ou apoiando-os com sua invencível espada.

De tanto imaginar, um dia rompeu o elo que o prendia à realidade. Num estado febril e agitado, iniciou uma existência em que só existiam personagens da cavalaria andante. Eram gigantes para derrotar, castelos que deviam ser assaltados, donzelas prisioneiras de algum tirano para salvar e legiões de bandidos a combater.

Foi assim que, completamente transtornado, resolveu que seria cavaleiro andante e partiria com suas armas e seu cavalo em busca de aventuras e perseguindo justa fama.

Imaginando-se um predestinado pelo valor de seu braço e de seus nobres propósitos, apressou-se a iniciar a incomparável jornada.

Rebuscando o sótão de sua casa, encontrou uma velha e enferrujada armadura que havia pertencido a um bisavô há muito desaparecido. Depois de paciente trabalho, raspando a ferrugem, limpando o mofo e remendando alguns pedaços perdidos pelo tempo, conseguiu uma armadura completa, ainda que de precária eficiência.

Vencida essa etapa, foi em busca de seu cavalo, pois, mesmo para um espírito perturbado, era impossível existir um nobre cavaleiro sem montaria.

Ele possuía um pangaré que era usado nos serviços do sítio. O animal, apesar de magro e feio, pareceu um belo garanhão aos olhos do fidalgo. Depois de muito pensar, deu-lhe o nome de Rocinante. Esse nome lhe pareceu sonoro e adequado. Se antes havia sido um simples rocim, nada mais justo que agora fosse um Rocinante.

Batizado o cavalo, faltou-lhe um nome para si mesmo. Os nobres cavaleiros, personagens de seus livros, sempre trocavam os nomes. Ele deveria fazer o mesmo. Depois de oito dias remoendo o cérebro, encontrou um que lhe serviu como armadura da alma até o final de suas aventuras. Não seria mais simplesmente Quesada ou Quixano, e sim Dom Quixote. E, como faziam os cavaleiros andantes, juntou ao seu o nome do lugar de origem: Dom Quixote de la Mancha.

Tudo preparado para a partida, percebeu que lhe faltava apenas encontrar uma nobre dama para apaixonar-se. Um cavaleiro andante sem amores era uma árvore sem frutos, um corpo sem alma. Se, por azar ou sorte, derrotasse um gigante, teria que enviá-lo à sua amada para que servisse como escravo. Esse era o procedimento da nobre cavalaria andante, e Dom Quixote queria seguir, fielmente, seus costumes. Por isso resolveu eleger a dama que seria guardiã de todas as suas conquistas. Num passado distante havia amado, em discreto silêncio, uma robusta camponesa que, por morar num povoado vizinho e ter outros interesses, jamais se dera conta daquela secreta paixão. Chamava-se Aldonça Lourenço, mas ao fidalgo pareceu melhor dar-lhe outro nome. Era uma princesa e deveria chamar-se Dulcineia. Como morava na aldeia de Toboso, completou o apelido: Dulcineia de Toboso. Esse nome lhe pareceu musical e digno de tão nobre senhora. Como, aliás, todos os outros que havia escolhido.

Estava o nobre cavaleiro pronto para buscar a glória das batalhas e o gosto da aventura. Certa madrugada, saiu ao encontro das razões de seus sonhos. Completamente armado, montado no altivo corcel, lançou-se ao mundo.

Dom Quixote parte em busca de glórias

Montado em seu Rocinante, Dom Quixote cavalgou pela estrada, depois de ter saído furtivamente pela porta falsa do curral. Vestida a armadura, cingiu a espada e, com a lança segura pela mão direita, sentiu-se o mais puro e valente cavaleiro do mundo. A facilidade com que conseguiu esgueirar-se de casa sem que fosse percebido deu-lhe a certeza de sucesso em qualquer empreitada. Mas, apenas havia alcançado os campos vizinhos, foi assaltado por um terrível pensamento que quase lhe tira a vontade de prosseguir: deu-se conta de que não havia sido sagrado cavaleiro. Pelas rígidas leis da cavalaria não poderia duelar com outro cavaleiro sendo um mero principiante. Mas, sendo mais forte sua imaginação que esses pequenos impasses, resolveu que faria o solene juramento diante da primeira pessoa que encontrasse. Em suas leituras encontrara personagens que haviam procedido assim. Era-lhe, portanto, permitido agir da mesma forma.

Prosseguiu em sua viagem, deixando o nobre animal escolher o rumo desejado. Trotando vagarosamente, sob um sol calcinante, que certamente lhe torraria o cérebro, se o tivesse, chegou diante de uma estalagem. Já entardecia e nosso valoroso cavaleiro sentia fome e cansaço, pois não comera nem descansara desde a madrugada. Da mesma forma estava a montaria.

Na porta da estalagem estavam duas mulheres que viajavam para Sevilha e ali pernoitaram. Sua prodigiosa imaginação logo criou uma realidade propícia aos sonhos aventurescos. As mulheres já não eram simples aldeãs, e sim formosas damas. A estalagem se transformou num castelo. O toque da buzina de um porqueiro conduzindo seus animais lhe soou como as cornetas dos arautos anunciando sua chegada.

Ainda que mal-humorado por não lhe vir um criado em seu auxílio, dirigiu-se à casa. As mulheres assustaram-se ao ver aquela estranha figura, ainda mais com tão estranha indumentária. Tentaram um movimento de fuga para o interior da venda. Dom Quixote dirigiu-lhes a palavra, para acalmá-las:

– Não fujais, Altezas! Nada temais de mim. A ordem de cavalaria, à qual pertenço, não me permite fazer mal a ninguém e muito menos a tão gentis donzelas como vós!

Nada era mais fora da realidade que chamá-las de donzelas, já que sua profissão era divertir os homens. Por isso, as mulheres não puderam conter sonoras gargalhadas diante de tão estapafúrdia afirmativa. O gordo e pacato estalajadeiro, que acorrera ao ouvir as risadas, vendo a desajustada figura do recém-chegado, resolve usar de prudência:

– Se buscais pousada, senhor cavaleiro, sinto, mas não a tenho nesta casa. Porém, tendes toda minha hospitalidade... no que for possível.

Vendo a humildade do hospedeiro, Dom Quixote – que ainda pensava estar às portas de uma fortaleza – respondeu:

– Para mim, senhor castelão, qualquer coisa basta, porque meus adornos são as armas e meu descanso é na peleja.

Depois de desmontar, auxiliado pelo comerciante, já que a armadura lhe embaraçava os movimentos e o dia inteiro a cavalo lhe esgotara as forças, ordenou que tratassem do cavalo. Com voz autoritária, pediu que ao nobre animal fosse dispensado um tratamento real, o que causou novas e estrondosas gargalhadas.

As jovens auxiliaram na retirada da pesada armadura. Foi impossível, porém, desfazer os nós que prendiam o capacete ao pescoço. Isso não o incomodou, pois, mantendo a viseira do elmo erguida, conseguia deixar espaço para comer. As duas jovens ofereceram-lhe bacalhau e um pão negro e duro. Com os dedos, introduziram a comida em sua boca enquanto ele mantinha a viseira alta. O vinho foi ingerido por um canudinho feito de uma palha de trigo.

Depois de comer a simples refeição, Dom Quixote fez as devidas apresentações:

– Meu cavalo, aquele nobre animal em que me vistes chegar, chama-se Rocinante e eu sou Dom Quixote de la Mancha. Aqui estou para servir vossas gentis ordens. Ponho o valor de meu braço a vosso serviço, minhas nobres donzelas.

As mulheres riram com gosto e, para dar mais alegria ao nobre visitante, pediram ao porqueiro que tocasse sua gaita.

De barriga cheia e com o calor do vinho bebido, Dom Quixote ouviu, sonolentamente, a gaita do porqueiro e sentiu-se num castelo rodeado de vassalos. Junto de si, duas formosas princesas alegravam seus olhos e ouvidos com o puro e cristalino gorjeio de suas gargantas.

Assim, começavam bem as aventuras do novo cavaleiro andante. Já no primeiro dia, encontrara abrigo e homenagens dignas de um verdadeiro nobre. Só uma coisa ainda o preocupava: aquelas honrarias todas, ele ainda não as merecia plenamente, pois não fora sagrado cavaleiro. Somente um verdadeiro e leal cavaleiro era merecedor de tantos agrados.

A graciosa maneira com que Dom Quixote é sagrado cavaleiro

Dom Quixote de la Mancha não queria mais adiar a cerimônia que o faria um cavaleiro legítimo. Por isso pediu ao estalajadeiro que o acompanhasse até o estábulo e lá, ajoelhando-se diante do homem, pediu:

– Não me levantarei jamais daqui, valoroso cavaleiro, se não me concederdes o dom de vos pedir algo que resultará em proveito vosso e grande benefício para a humanidade.

O homem, vendo aquela estranha figura aos seus pés, ficou completamente confuso, sem saber que decisão tomar. Vendo, porém, a firme resolução do outro em não se levantar sem antes ver atendido seu pedido, resolveu participar da farsa. Disse-lhe, então, que estava pronto para conferir-lhe o desejado título.

– Não esperava menos de Vossa Magnificência, senhor – respondeu Dom Quixote. – E já que posso esperar tão honrosa atitude, peço-vos que amanhã pela manhã seja realizada a cerimônia. Esta noite velarei minhas armas na capela de vosso castelo, como é o costume da nobre cavalaria. Depois partirei para os quatro cantos do mundo em busca de aventuras, como é o destino de todos os cavaleiros andantes, como eu sou.

O hospedeiro, que a essa altura estava certo de tratar com um doido, achou melhor ir-lhe fazendo as vontades, pois assim, acreditava, mais cedo se veria livre de tão incômodo visitante.

Como não havia uma capela no "castelo", o estalajadeiro contornou a situação, dizendo que a antiga fora derrubada para a construção de outra maior e mais à altura de tão digno visitante. Vendo o desconsolo na cara de Dom Quixote, tratou de tranquilizá-lo, afirmando que conhecia muito bem os costumes da cavalaria e, no caso presente, as armas poderiam ser veladas no pátio em frente à cavalariça.

– Tendes dinheiro, nobre senhor? – perguntou o dono da venda, já preocupado com as possíveis despesas do hóspede.

Dom Quixote respondeu-lhe que não, e que nunca havia lido, em livro algum, que os cavaleiros andantes carregassem as mundanas e desprezíveis moedas.

– Mesmo que os livros não tratem de coisas tão insignificantes, é claro que todos os cavaleiros devem portar dinheiro – disse o outro. – Isso é tão natural que não havia necessidade de ser dito. Como é normal que tragam, também, camisas limpas, pomadas e curativos. Sem dúvida, não é o fidalgo que deve carregar essas vulgaridades, e sim seu escudeiro.

Dom Quixote prometeu providenciar tudo isso oportunamente e ordenou que suas armas fossem levadas para o pátio e colocadas sobre um poço ali existente.

Aconteceu então que um inadvertido arrieiro, um condutor de mulas, acabava de chegar naquele exato momento com a intenção de dar água aos animais. Para abrir a tampa do poço, precisava tirar as armas, mas, assim que tentou tocá-las, Dom Quixote avançou, ameaçador:

– Alto lá, atrevido! Quem quer que sejas, como ousas tocar as armas do mais valoroso andante que jamais as entregou a alguém? Vê bem o que fazes e não as toques ou pagarás com a vida tal atrevimento.

O arrieiro, depois de examinar o fidalgo, num gesto de pouco-caso, agarrou as armas e atirou-as longe.

Dom Quixote, tomado de justa fúria, elevou os olhos aos céus e invocou sua nobre Dulcineia:

– Valei-me, senhora de meus anelos! Não me abandoneis neste primeiro transe em que enfrento tão dolorosa afronta. Permiti que este vosso vassalo cruze as armas em defesa de vossa honra.

E, com tão fortes argumentos, levantou a pesada lança, dando em seguida formidável golpe na cabeça do desavisado arrieiro. Este foi ao chão e só não recebeu novo e mortífero pontaço porque ao cavaleiro era indigno atacar um inimigo já caído.

Foi de pouca duração a fúria do cavaleiro. Logo, com sadia tranquilidade, passou a velar suas armas, a pensar nas glórias dos futuros combates e suspirar por sua doce amada Dulcineia.

Porém, aquele não parecia ser o melhor dia para Dom Quixote. Logo outro arrieiro – que não sabia do recente acontecimento – trouxe seus animais para dar de beber. Com a naturalidade com que sempre usara da água, afastou as armas e tentou abrir a boca do poço.

Dom Quixote abriu-lhe a cabeça com um bem colocado golpe de lança. O infeliz agredido pôs-se a berrar de dor e surpresa.

Foi necessária a intervenção do dono da casa para evitar que outros arrieiros e viajantes ali chegados dessem fim ao nosso herói. Furiosa com as agressões, a turba avançou sobre o aventureiro, atirando-lhe pedras e pedaços de paus que ia encontrando pelo chão. Dom Quixote se defendia com o frágil escudo, enquanto gritava:

– Ó senhora rainha da formosura! É chegado o tempo de volver os sublimes olhos para este vosso vassalo cavaleiro, que tamanha aventura está vivendo!

Com tal invocação, sentiu-se tão valoroso e invencível que, mesmo atacado por todos os arrieiros do mundo, jamais arredaria pé, nem fugiria.

O vendeiro acalmava os mais exaltados, cochichando-lhes aos ouvidos.

– Não veem que está louco? Deixem o infeliz em paz!

Dom Quixote, porém, enfureceu-se com o estalajadeiro, pois lhe parecia uma extrema falta de hospitalidade deixar que seus súditos atacassem assim um nobre visitante.

– Vós, senhor deste castelo, sois tão traidor quanto esta malta. Como permitis que seja assim tratado um cavaleiro andante, com a mais nobre das missões? No devido tempo tereis, também, vosso castigo.

Apaziguados os ânimos, depois de muitas desculpas e agrados, voltou o cavaleiro a velar suas armas, indiferente aos murmúrios de desagrado que o rodeavam.

O estalajadeiro, porém, resolveu que o melhor era livrar-se o mais cedo possível daquela estranha criatura que, em tão curto espaço de tempo, já lhe havia causado muitos transtornos. O melhor era participar da farsa, atendendo a tudo que o doido exigisse, até convencê-lo a partir. Com palavras suaves e convincentes, informou ao fidalgo que era chegada a hora da cerimônia.

Com gestos solenes, foi preparando um local no pátio onde haveria de sagrar Dom Quixote de la Mancha um cavaleiro. Num altar improvisado, auxiliado por um garoto que segurava um toco de vela aceso e mais as duas mulheres que bem se prestaram à farsa, o vendeiro iniciou um palavrório ininteligível, que fingia ler num livro onde anotava as contas da estalagem.

Depois, com o máximo de compostura que conseguiu, tomou da espada e, ordenando ao cavaleiro que se ajoelhasse, bateu-lhe com a lâmina nos dois ombros e sobre a cabeça.

– Deus vos faça um cavaleiro venturoso e bem-sucedido em todas essas questões de cavalaria andante.

Em seguida, pediu a uma das moças que lhe colocasse a espada na cintura, o que ela fez contendo o riso.

– De agora em diante sois Dom Quixote de la Mancha, pertencente à mais nobre linhagem da cavalaria andante.

Orgulhoso e com o peito a rebentar de felicidade, Dom Quixote percorreu com o olhar o horizonte, onde buscaria incríveis aventuras para glória e felicidade sua e de sua amada Dulcineia.

E, afinal, montando seu Rocinante, com sua reluzente armadura e suas temíveis armas, partiu em busca de novos combates.

O estalajadeiro, que o vira partir com evidente alívio, esqueceu de apresentar-lhe a conta da pousada.

– Que fique a crédito com o bom Deus, pelos meus pecados! – disse resignado.

O primeiro acontecimento importante após ser sagrado cavaleiro

Dom Quixote saiu da estalagem tão contente, tão galhardo, tão alvoroçado por ter sido sagrado cavaleiro, que o orgulho lhe estufava o peito a ponto de fazer ranger a armadura. Assim mesmo, ainda retinha na memória os conselhos do vendeiro acerca da necessidade de carregar consigo dinheiro e demais petrechos de guerra.

Com isso, determinou-se a voltar para casa e reunir as coisas indispensáveis.

Não havia andado muito quando julgou ouvir, vindas de um bosque à sua direita, vozes queixosas, como se alguém estivesse sofrendo.

– Dou graças aos céus por tão cedo me conceder a oportunidade de cumprir com o que devo.

E dando de rédeas, encaminhou o Rocinante até o local donde lhe pareciam vir os gemidos. Já de lança em riste, imaginou salvar uma princesa em perigo. O que encontrou, porém, foi um troncudo camponês que açoitava um rapazinho amarrado a uma árvore. Enquanto batia, o camponês discursava sobre a honestidade e outras coisas.

– Detende vosso braço, vil cavaleiro! – gritou-lhe Dom Quixote. – Montai vosso corcel, empunhai a lança e vinde cruzar as armas com um inimigo à altura. Vou dar-vos uma lição.

O camponês, vendo aquela figura armada para a guerra, levou enorme susto. O homem não era de briga e resolveu não irritá-lo.

– Senhor cavaleiro, este rapaz que estou castigando é meu criado. Sua obrigação é guardar meu rebanho de ovelhas, porém todos os dias deixa que me roubem uma. E ainda reclama que não lhe pago o devido. Por Deus, que é um grande mentiroso este rapaz!

– Vilão! – disse Dom Quixote. – Pelo sol que nos ilumina, estou disposto a passar-vos pelo fio de minha espada! Desatai esse infeliz e pagai seu justo e merecido salário! Vossa vida responde pelo que digo. – E voltando-se, altaneiro, para o criado: – Quanto ele vos deve?

– Nove meses, a sete moedas por mês – respondeu o jovem.

– Desse tanto, devo descontar três pares de sapatos que lhe dei e duas sangrias que lhe fizemos quando esteve doente.

– Ficam os sapatos e as sangrias pela humilhação do castigo injusto. Pagai-lhe sessenta e três moedas ou tiro-vos a vida! – O nobre cavaleiro queria fazer completa justiça.

– Não trago esse dinheiro comigo – explicou o camponês com palavras suaves. – Ele terá que ir comigo até minha casa. Lá farei o pagamento.

O rapaz assustou-se.

– Ir até a casa dele? Nem por sonhos. Lá sim é que ele termina de me esfolar.

Dom Quixote tratou de tranquilizar o moço.

– Ele não se atreverá a tanto. Sabe que deve respeitar um legítimo cavaleiro andante. – E voltando-se para o devedor, disse: – Jurais pelas leis da cavalaria que haveis de pagar a este jovem e deixá-lo partir sem o molestar?

– Juro por todas as ordens de cavalaria existentes no mundo que hei de pagá-lo como deve ser feito – afirmou o lavrador.

– Esse juramento de pouco adiantará – retrucou o jovem. – Este meu patrão não é um cavaleiro e sim Juan Haldudo, um rico fazendeiro que só sabe explorar seus criados e suas terras.

– Isso pouco me importa – contestou Dom Quixote. – Se ele faltar com seu juramento, prometo castigá-lo até a morte, ainda que tenha que persegui-lo até os confins do mundo. Ninguém falta com a palavra empenhada a Dom Quixote de la Mancha.

E esporeando seu bravo Rocinante, partiu feliz por ter praticado mais uma bela ação de cavalaria, protegendo os fracos contra os fortes e arrogantes.

Contudo, logo que se afastou o suficiente, o camponês deu uma estrondosa gargalhada e, amarrando o rapaz novamente ao mesmo tronco, aplicou-lhe uma surra dez vezes pior que a anterior. Depois, com um ar de absoluto desprezo, disse ao flagelado:

– E agora vai-te queixar ao teu magro protetor...

Aqui continuamos narrando os feitos do nobre cavaleiro

Determinado a seguir até sua aldeia, onde haveria de munir-se do necessário para prosseguir em suas aventuras, Dom Quixote troteou pela estrada, enquanto pensava em sua amada Dulcineia.

– Bem vos podeis considerar a mais ditosa de todas as donzelas que vivem sobre a terra, ó bela Dulcineia de Toboso. Tivestes a sorte de vos prender, pelos delicados laços do afeto, ao mais valente e conhecido cavaleiro, como é e será sempre Dom Quixote de la Mancha.

E cavalgando completamente envolto nesses doces sonhos, chegou a um ponto onde a estrada se dividia em quatro. Depois de muito pensar por qual dos quatro caminhos seguir, achou melhor deixar que seu fogoso corcel escolhesse a direção. O animal simplesmente tomou o rumo de sua própria cavalariça.

Mal havia andado uma meia légua, Dom Quixote avistou um volumoso grupo de homens que vinha em sentido contrário. Eram mercadores de Toledo que, juntamente com seus criados e cavalariços, iam a Múrcia comprar sedas.

Dom Quixote imediatamente pôs-se em guarda. Ali vinha uma nova aventura ao seu encontro. Firmou-se nos estribos, empunhou a lança firmemente e esperou o ataque dos inimigos. Quando estes se aproximaram o suficiente, Dom Quixote levantou a voz e bradou arrogantemente:

– Detende-vos! Nenhum de vós prosseguirá antes de confessar solenemente não haver, em todo o mundo, mais formosa donzela que a Imperatriz da Mancha, a sem igual Dulcineia de Toboso.

Os mercadores examinaram detidamente a estranha figura e concluíram tratar-se de um maluco qualquer. Um deles, o mais discreto e calado, respondeu:

– Senhor cavaleiro, não temos a felicidade de conhecer essa tão boa senhora. Mostrai-nos essa dama tão bela e nós, sem qualquer dúvida, afirmaremos, pela nossa honra, ser ela tão formosa quanto o afirmais.

– Ora, depois de apresentá-la, não vejo vantagem nenhuma em confessar uma verdade tão notória – respondeu Dom Quixote. – A importância está em que deveis crer sem vê-la. Afirmai, confessai e jurai ou, caso contrário, iniciaremos um combate mortal.

O mercador deu de ombros. Pediu, ao menos, que o nobre cavaleiro mostrasse um retrato da mencionada senhora. Se não, como poderiam constatar sua beleza?

– Ah! Canalha infame! Pagareis pela grande blasfêmia que haveis dito contra minha sublime senhora – berrou o cavaleiro. E, ato contínuo, arremeteu com a lança baixa contra o primeiro que viu diante dos olhos. Infelizmente, sua carreira foi interrompida: o bravo Rocinante tropeçou e rodou, cuspindo da sela seu cavaleiro que, embaraçado na armadura, não conseguiu levantar-se.

Um dos criados, cheio de más intenções, tomou sua lança e quebrou-a em quatro pedaços. Com um dos tocos, ministrou tremenda sova em nosso pobre fidalgo.

Seguiram os mercadores seu caminho e ficou Dom Quixote estendido no campo e moído de pancadas. Lembrou-se, então, do Marquês de Mântua, que, em igual situação e cheio de dores e angústia, cantava versos para sua amada:

Onde estás, senhora minha,
Que não te abala meu mal?
Ou não sabes, ó rainha,
Ou és falsa e desleal.

Quis a sorte que, depois de longo tempo estirado à margem do caminho, fosse encontrado por um lavrador que era não só da mesma aldeia de Dom Quixote, como também seu mais próximo vizinho. Escutando os queixumes, o lavrador aproximou-se e perguntou de onde vinha e que mal sentia para se lamentar tão tristemente. Dom Quixote, em seu delírio, julgou estar na presença do próprio Marquês de Mântua e continuou a recitar os versos:

Ó nobre Marquês de Mântua,
Meu tio e senhor carnal.

Penalizado, o camponês conduziu-o, com armas e tudo, para a aldeia. O cavaleiro, apesar de ferido e cheio de dores, continuava a recitar poemas e mais poemas sobre heróis e vilões. O lavrador quis trazê-lo à realidade:

– Não sou o Marquês de Mântua e sim Pedro Alonso, seu vizinho, e Vossa Mercê é o nobre e ilustre fidalgo Dom Quesada.

Embora muito insistisse, o camponês não conseguiu descobrir por que seu vizinho estava assim ferido. Felizmente, o bom homem não desistiu de entregar o infeliz em sua própria casa. E, nela chegando, encontraram todos muito preocupados com tão prolongada ausência. Lá estavam a ama, a sobrinha, o cura e o barbeiro, que se perguntavam onde andara o fidalgo durante aqueles três dias.

– Tudo culpa desses livros que transtornaram completamente a cabeça desse pobre homem! – dizia o barbeiro.

– Vamos queimá-los todos! – afirmava o cura.

Dom Quixote, ainda no mundo encantado da cavalaria, declamou solene:

– Eis-me de retorno, após lidar em renhidos combates donde saí ferido mas com vida! Levai-me para meu leito e tratai de curar minhas feridas.

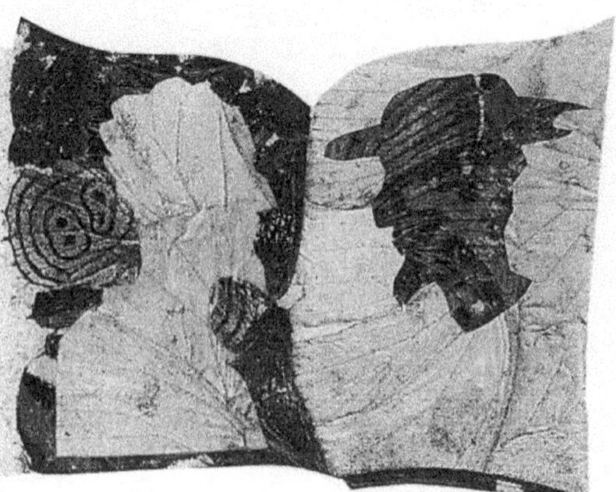

A solução encontrada para afastar Dom Quixote da biblioteca

Enquanto nosso herói dormia um sono febril e agitado, algumas providências iam sendo tomadas. A ama pediu ao cura que benzesse a biblioteca antes que algum feiticeiro praticasse qualquer vingança contra todos.

O cura achou graça na simplicidade da velha ama. Afirmando não existir tal perigo, iniciou um minucioso exame dos livros. Seriam raros os que se salvariam do fogo. O livro de Palmeirim de Inglaterra não merecia a fogueira, pois era cheio de bons ensinamentos e rígida moral. *Amadis de Gaula* fora o primeiro livro sobre cavalaria que se imprimira na Espanha. Ia para a fogueira. E assim, com paciência e perseverança, o cura e o barbeiro, auxiliados ainda pela ama, foram selecionando os volumes condenados.

– Aqui temos uma coleção de poesias pastoris e mui singelas. Não precisam arder – disse o cura.

– Melhor que se queime tudo, senhor cura. Nosso fidalgo, se lhe faltam livros de cavalaria, é bem capaz de resolver ser pastor ou poeta, doenças também incuráveis e atividades que para nada servem.

– Está certo! – concordou o cura.

– E este? *Galatea,* de Miguel de Cervantes... Vai para o fogo? – perguntou o barbeiro.

– Quem sabe? Cervantes é meu amigo de longos anos e sei que é mais versado em desgraças que em versos. Seu livro põe algo e não conclui nada. Melhor salvá-lo e esperar a segunda parte que Cervantes promete escrever.

E assim, depois de rigorosa seleção, levaram todos os livros condenados para os fundos da casa, junto do curral, onde seriam incinerados.

Astuciosamente, para evitar um acesso de fúria do fidalgo quando descobrisse o destino de sua vasta biblioteca, inventaram uma bela história que lhe foi contada assim que voltou a si. Antes disso, emparedaram a porta de entrada da biblioteca de tal forma que ninguém pudesse afirmar ter existido uma ali anteriormente.

Contou-lhe a sobrinha:

– Durante vossa moléstia, um mau e astucioso feiticeiro levou não só todos os livros, como também todo o aposento onde se localizava a biblioteca. Portanto, já não há mais qualquer livro nesta casa. O diabo os carregou.

A sobrinha ainda fez questão de melhorar a história:

– Era um feiticeiro. Vinha montado numa serpente e envolto numa nuvem. Entrou e apanhou todos os livros. Depois, num gesto de feitiçaria, dissolveu o quarto. Disse chamar-se Munhatão, o sábio.

– Não creio – disse Dom Quixote. – Deve ter sido Frestão, que bem conheço. Ele protege um cavaleiro que, um dia, liquidarei. Esses não perdem por esperar.

Crendo ter perdido todos os seus livros para um poderoso inimigo, Dom Quixote logo esqueceu esse episódio. Seu cérebro já preparava nova e deslumbrante aventura.

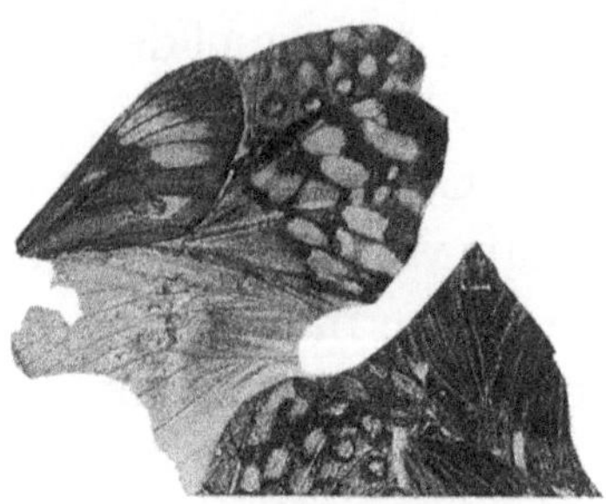

De como Dom Quixote consegue um fiel escudeiro

Durante quinze dias esteve Dom Quixote muito sossegado. Andou pela casa, visitou vizinhos, conversou animadamente com o cura e o barbeiro e, acima de tudo, não deu nenhuma mostra de querer voltar a praticar suas loucuras. Às vezes, afirmava que o mundo precisava urgentemente ressuscitar a cavalaria andante. Nenhum dos amigos o contrariava, pois viam que o melhor era concordar com as pequenas coisas enquanto as grandes iam bem.

Por esse tempo, Dom Quixote começou a visitar frequentemente um vizinho, homem de bem, honesto e trabalhador, mas com um cérebro pouco maior que uma amêndoa. Com a imaginação a galope, tanto falou, tanto prometeu, que afinal persuadiu o pobre lavrador a transformar-se em seu escudeiro. Dizia-lhe, entre outras coisas, que se ele se dispusesse a segui-lo poderia conquistar riquezas e poder. Talvez chegasse a ser governador de uma ilha, quem sabe até coisas superiores. Tanto falou, tanto insinuou, que o pobre lavrador foi convencido a partir em busca de fama e fortuna.

Sancho Pança – assim se chamava o gorducho e ingênuo lavrador – começou também a sonhar com glórias e riquezas, com a mesma intensidade que seu cavaleiro. Logo abandonou mulher e filhos e tornou-se escudeiro de Dom Quixote de la Mancha.

Em segredo, ambos começaram a juntar dinheiro vendendo algumas coisas, penhorando outras e desbaratando os poucos bens, até conseguirem uma razoável quantia.

Dom Quixote ordenou a seu escudeiro que providenciasse uma montaria, pois era inconcebível um serviçal de nobre cavaleiro segui-lo a pé. Sancho Pança conseguiu um jumento velho e cansado, que carregou com volumoso alforje contendo todo o necessário para a longa e duradoura aventura.

E numa bela madrugada, sem despedir-se de ninguém, furtivamente, partiram os dois da aldeia.

Sancho Pança ia escarrapachado sobre o jumento como um patriarca, já sonhando com seu posto de governador, conde, marquês ou lá o que fosse, conforme seu amo lhe havia prometido.

– Atentai, senhor cavaleiro andante, para que não vos esqueçais da ilha prometida. Eu a saberei governar, por maior que seja.

– Fica sabendo, amigo Sancho, que foi um costume muito usado pelos cavaleiros antigos fazer de seus escudeiros governadores das ilhas ou reinos que conquistavam. Estou determinado a fazer o mesmo.

– Desta forma, se por algum milagre me faço rei, conforme afirma Vossa Mercê, pelo menos minha mulher, Teresa Pança será rainha... e meus filhos infantes?

– E quem duvida? – respondeu Dom Quixote.

– Eu duvido – replicou Sancho Pança. – Porque ainda que Deus fizesse chover reinos sobre a terra, nenhum assentaria bem sobre a cabeça de minha mulher. Ficaria ela melhor como condessa...

– Deixa isso aos cuidados de Deus. Ele saberá o que será conveniente. Mas não te apoquentes com isso. É melhor contentar-te com o obtido do que querer correr adiante.

– Assim farei, senhor – respondeu Sancho. – Melhor deixar ao vosso gosto dar-me aquilo que me fica bem e que eu possa carregar nos ombros.

Depois desses esclarecimentos, seguiram os dois em frente.

A incrível batalha contra os moinhos de vento

Depois de cavalgarem algumas horas, chegaram a um grande campo onde se viam entre trinta e quarenta moinhos de vento.

– A sorte vem-nos guiando melhor do que poderíamos desejar – disse Dom Quixote, segurando seu cavalo. – Vê, meu fiel Sancho: diante de nós estão mais de trinta insolentes gigantes a quem penso dar combate e matar um por um. Com seus despojos iniciaremos nossa riqueza, além de arrancar essas sementes ruins da face da terra. Essa é a ordem de Deus que devemos cumprir.

– Que gigantes? – perguntou Sancho Pança, que por mais que examinasse o terreno só via os inocentes moinhos de vento agitando suas pás vagarosamente.

– Aqueles que ali vês – respondeu o amo. – Têm os braços tão longos que alguns devem medir mais de duas léguas...

– Olhe bem, Vossa Mercê – contestou Sancho. – Aquilo não são gigantes e sim moinhos de ventos, e o que parecem braços são as pás que, movidas pelo vento, fazem girar a pedra que mói os grãos.

– Bem se vê que não tens prática nessas aventuras. São gigantes, e, se tens medo, afasta-te daqui. O melhor é que fiques rezando enquanto me atiro a essa feroz e desigual batalha.

E, dizendo isso, esporeou o pangaré sem dar ouvidos ao escudeiro, certo de que combatia ferozes gigantes.

– Não fujais, covardes e abjetas criaturas! Sois atacadas por somente um cavaleiro!

Enquanto galopava contra o primeiro moinho, o vento aumentou de intensidade, fazendo girar as pás com mais velocidade.

– Não adianta agitar os braços. Havereis de me pagar! – gritou, atirando-se contra o "inimigo" mais próximo, encomendando-se de todo o coração à sua senhora Dulcineia.

Foi a conta. Ao cravar a lança numa das pás do moinho, a força do impacto reduziu-a em pedaços, atirando longe cavalo e cavaleiro. Sancho Pança acorreu em socorro, seu alquebrado jumento troteando grotescamente.

– Valha-me Deus! – disse Sancho. – Não vos avisei que olhásseis bem para o que íeis fazer? Que eram moinhos e não gigantes? Como é que alguém pode-se enganar assim?

Enquanto ia falando, o escudeiro tentava levantar tanto o cavaleiro quanto o cavalo, pois o velho Rocinante continuava atordoado pela violência da pancada.

– Cala-te, amigo – respondeu Dom Quixote. – Esses são os azares da guerra. Eram gigantes, agora são moinhos. Essa foi mais uma picardia do sábio Frestão, aquele que roubou meus livros! Só assim poderia roubar-me a glória de tão magnífica vitória. Mas ainda tirarei vingança de suas artes diabólicas com a justeza de minha espada!

– Que Deus decida o que é melhor! – respondeu Sancho Pança sem entender nada, mas preocupado em recolocar o amo sobre seu cavalo.

Depois de novamente montado e relativamente em condições de manter-se assim, Quixote decidiu:

– Vamos para Porto Lápice. Lá encontraremos muitas e diferentes aventuras. Praticarei tantas ações de cavalaria que te sentirás o mais afortunado dos homens por poder testemunhar esses feitos. Serão coisas que só vendo para crer...

Apesar dos arranhões e escoriações sofridas, o que mais entristecia Dom Quixote era a perda de sua lança.

Como poderia um verdadeiro cavaleiro andante seguir sem sua nobre arma? Enquanto cavalgava, seguido pelo fiel escudeiro, o fidalgo lembrou-se de que, outrora, o cavaleiro espanhol Diogo Peres de Vargas havia quebrado sua espada numa batalha e a substituíra por um grosso galho de carvalho. Assim armado, combatera e vencera muitos mouros, o que lhe valera a glória e o respeito de todos os seus descendentes.

– Farei o mesmo – disse ao criado. – E podes ter certeza de que me sairei tão bem quanto Dom Vargas.

– Se assim afirma Vossa Mercê, certamente assim será – respondeu humildemente o escudeiro. Depois, observando melhor o outro: – Vossa Mercê está ferido? Cavalga meio de lado como se sentisse alguma dor.

– Realmente estou um tanto dolorido. Só não me queixo porque isso não fica bem para um cavaleiro andante. Mesmo que minhas tripas estivessem saindo pelos ferimentos, jamais soltaria um ai sequer.

– Espero que as leis da cavalaria não sejam tão severas para com os escudeiros. Eu, quando ferido, mesmo um cortezinho à toa, faço a maior choradeira do mundo.

Dom Quixote sorriu com a complacência dos verdadeiros heróis. Seu servo poderia gemer quanto quisesse. Nunca vira nada em contrário nas normas da cavalaria, que, aliás, não tratavam de assunto tão mesquinho.

Seguiram sua rota. Sancho Pança, escarrapachado sobre o lombo do jumento, mastigava algumas provisões que trazia nos alforjes, entremeadas por longos goles de vinho que chupava de uma botija. Dom Quixote, para não se rebaixar às simples necessidades humanas, pouco condizentes com os cavaleiros de sua casta, nada comeu. Disse não ter fome.

A estupenda vitória sobre o cavaleiro de Biscaia

Naquela noite, depois de tão agitado dia, acamparam sob a frondosa copa de uma árvore na orla de um bosque. Dessa mesma árvore Dom Quixote cortou um galho grosso e mais ou menos reto que, no momento, poderia lhe servir de lança. Depois de desbastá-lo da melhor forma possível, encaixou nele a ponta de ferro da lança que havia sido quebrada pela pá do moinho. Ainda que um tanto precariamente, estava de novo armado o aventureiro. Nessa noite Dom Quixote não dormiu, pensando em sua bela amada, a senhora Dulcineia de Toboso. Era assim que procediam os antigos cavaleiros andantes e ele não poderia agir diferentemente. Sancho Pança, ao contrário, com o estômago cheio e cansado dos sucessos do dia, dormiu como uma pedra, só acordando de madrugada, depois de ser sacudido pelo amo. Assim que se levantou, o escudeiro tratou de engolir alguma coisa sólida, que empurrou com boas goladas de vinho. Dom Quixote, porém, não aceitou qualquer alimento, preferindo sustentar o magro corpo com saborosas recordações.

Após os preparativos, seguiram trotando pela estrada, sempre na direção de Porto Lápice. Porém, uma vez mais, inesperados acontecimentos haveriam de atrasar a viagem.

Após terem feito a última curva da estrada, avistaram dois frades da ordem de São Bento montados em mulas enormes como camelos. Logo atrás vinha uma carruagem protegida por cinco homens a cavalo e dois pajens a pé.

Depois se ficou sabendo que os frades não vinham na mesma comitiva da carruagem, e sim um pouco adiante. Ficou-se sabendo também que no veículo vinha uma senhora que ia para Sevilha encontrar o marido. Era da província de Biscaia.

Assim que Dom Quixote avistou os dois frades, chamou a atenção de Sancho Pança:

– Agora poderemos meter-nos de cabeça numa bela aventura. Mas fica advertido, meu prezado amigo: ainda que me vejas nos maiores perigos, não uses nem tua mão nem tua espada para defender-me. Só participa da contenda se vires tratar-se de gente baixa. Da ralé. Se se tratar de cavaleiros, de maneira nenhuma te será lícito participar. Essa é a lei da cavalaria. Só lutarás contra cavaleiros quando também fores sagrado um.

– Por certo – respondeu, maneiroso, o escudeiro. – Vossa Mercê será obedecido. Ainda mais que sou um tipo pacífico e inimigo de meter-me em escaramuças. Não entendo muito dessas leis de cavalaria, mas entendo que cada um se deve defender quando é atacado.

– Aqueles dois vultos negros que vêm em nossa direção são, sem qualquer dúvida, dois feiticeiros que levam cativa alguma bela princesa na carruagem. É indispensável que acabe com eles e liberte a bela princesa.

– Isso vai ser pior que aquela com os moinhos de vento! – monologou Sancho Pança, para em seguida avisar ao fidalgo: – Senhor, aqueles dois são apenas frades, e o coche deve ser de algum viajante de passagem. Olhe bem o que vai fazer, que o diabo o pode estar enganando!

Dom Quixote não abandonou seu intento:

– Já te disse que és um completo ignorante em matéria de aventuras. Já verás que o que digo é a mais pura verdade!

E galopou em direção aos frades.

– Emissários do demônio, alto! Libertai imediatamente a formosa princesa que levais dominada e prostrada nessa horrorosa carruagem ou tereis morte imediata!

Os frades pararam admirados diante do homem e de suas inusitadas palavras. Logo um respondeu:

– Não somos gente do demônio e sim dois religiosos de São Bento que viajamos pacificamente até nosso destino. Não sabemos quem viaja naquela carruagem. Muito menos que seja uma princesa cativa.

– Comigo não adiantam palavras enganosas! Bem sei quem sois, súcia de canalhas!

E, de lança baixa, arremeteu contra o primeiro frade, que, se não saltasse agilmente da mula, seria trespassado pela arma improvisada. O segundo religioso meteu as esporas em sua montaria e tratou de fugir, esquecido do companheiro.

Sancho Pança, vendo caído o primeiro frade, correu até ele e começou a arrancar-lhe todos os pertences, inclusive o hábito.

– Que faz? – perguntou o religioso, que antes acreditava vir o gorducho em seu auxílio.

– É a presa de guerra – respondeu Sancho Pança. – Por direito me pertence, já que Dom Quixote, meu senhor, venceu a briga.

Os moços que acompanhavam a carruagem e que não entendiam nem de pilhagens nem de despojos de batalha, vendo que o armado cavaleiro não estava próximo, saltaram sobre o pobre Sancho Pança e aplicaram-lhe tão tremenda sova que o deixaram quase inconsciente. Nesse meio-tempo, o frade tornou a montar e fugiu sem querer ver o final do caso. Enquanto isso, Dom Quixote falava com a senhora que viajava na carruagem, cheio de mesuras:

– Estão no solo vossos raptores, formosa senhora, abatidos pelo meu invencível braço. Podeis seguir vosso caminho com toda a tranquilidade e segurança. O único favor que vos peço, em troca de vossa salvação, é que procureis minha amada Dulcineia de Toboso e, apresentando-vos a ela, digais que deveis a mim vossa liberdade.

Um criado biscainho, vendo que o cavaleiro impedia a marcha de seu veículo, advertiu-o:

– Trata de nos deixar em paz ou vais ver o peso do braço de um legítimo biscainho!

Dom Quixote pregou-lhe um olhar cheio de desprezo:

– Se fosses cavaleiro, já te teria castigado, escravo atrevido!

– Vais ver quem é escravo, seu fidalgo do diabo! – gritou o furioso biscainho, lançando-se contra Dom Quixote.

Seu companheiro passou a mão numa almofada da carruagem e, usando-a como escudo, veio em seu auxílio. O primeiro atacante deu um golpe de espada que alcançou o ombro do fidalgo e quase rebenta com a velha armadura. Dom Quixote sentiu o golpe, mas revidou com um pontaço de espada que foi habilmente aparado pela almofada. Invocando a doce Dulcineia, o bravo cavaleiro aplicou uma lambada que alcançou a cara do biscainho, fazendo jorrar-lhe sangue pelo nariz, olhos e ouvidos. Completamente desnorteado pelo golpe, o infeliz deslizou do lombo da mula, que fugiu assustada.

– Deixa cair as armas ou serei obrigado a cortar-te o pescoço, plebeu!

A senhora, na carruagem, rezava e invocava todos os santos da Espanha. Aos gritos, pediu ao cavaleiro que poupasse a vida do criado.

– Concedo vosso gentil pedido, formosa dama. Fazei, porém, com que esse infeliz se apresente diante da bela Dulcineia. Ela que resolva o que fazer dele...

– Assim será feito – afirmou a senhora.

– Pois podeis partir, e que Deus vos proteja daqui para frente.

As consequências de um namorico do brioso Rocinante

Sancho Pança, bem maltratado pela surra, observou até o fim a batalha de seu amo, rogando para que ele fosse vitorioso. Vendo por fim que tudo acabara bem para Dom Quixote, acreditou que finalmente iria entrar de posse da tão ambicionada ilha. Seria um governador justo, isso podia garantir desde já.

– Ora, meu caro – disse-lhe Dom Quixote –, estas aventuras não são de ilhas, e sim acontecimentos sem importância onde não se ganha mais que orelhas cortadas ou cabeças quebradas. Tem paciência que logo haveremos de nos defrontar com acontecimentos que te farão mais que governador de uma ilha...

Sancho Pança ficou satisfeito com a resposta. Ajudou seu amo a montar e em seguida montou seu jumento, prosseguindo viagem.

Lá pelas tantas, depois de muito marchar e pouco falar, Dom Quixote perguntou ao seu amigo:

– Dize-me, caro Sancho, já tiveste a ventura de ver mais valoroso cavaleiro que eu sobre a face da terra? Leste, por acaso, em qualquer livro, existir algum fidalgo com mais brio nas batalhas e mais destreza no manejo das armas?

– A verdade – respondeu Sancho Pança – é que nunca li nada assim... mesmo porque não sei ler nem escrever. Mas afirmo que nunca servi a outro cavaleiro mais valente que Vossa Mercê. Agora, o melhor é que tratemos de curar vossa orelha que ainda sangra... Tenho aqui uma boa pomada para isso...

– Lastimo que não tenhamos ainda unguento de Ferrabrás... – monologou o fidalgo.

– E que diabos de unguento é esse?

– É um bálsamo. Quem o possui não teme a morte. Mesmo que alguém fosse partido em dois, uma simples gotinha colocaria o ferido novinho em folha. Basta que se juntem as duas partes antes que se esvaia todo o sangue.

– Se existe tal maravilha, renuncio a todas as ilhas em troca da receita... – contestou o criado. – Não quero outra coisa em pagamento de todo o tempo que vos servi. Com tal remédio nas mãos, dou um jeito de passar o resto de minha vida gozando do bom e do melhor.

– Calma, amigo. Hei de ensinar-te muitos segredos que te trarão enormes benefícios. Tudo, porém, ao seu justo tempo... Agora o melhor é curarmos nossas feridas e depois comer alguma coisa. O que nos resta nos alforjes, meu bravo amigo?

– Pouca coisa... Uma cebola, um pouco de queijo e alguns nacos de pão. Não são manjares dignos de um cavaleiro.

– Os cavaleiros andantes não ligam para as coisas materiais... A comida mais frugal pode-se transformar num manjar digno dos deuses. Somos assim, meu caro, ainda que não entendas.

Comeram ambos em boa paz. Depois partiram em busca de um lugar onde passar a noite. Não muito distante, e antes que escurecesse, encontraram um acampamento de pastores de cabras. Foram recebidos com tal hospitalidade e gentileza que, por isso, resolveram ali pernoitar.

Sancho Pança, depois de acomodar seu jumento e Rocinante, saiu farejando o aroma que subia de uma panela posta ao fogo. Enquanto isso, Dom Quixote dava uma aula aos rústicos cabreiros do que era e que finalidade tinha a cavalaria andante. Quando o escudeiro chegou, Dom Quixote, do alto de sua fidalguia, convidou:

– Senta-te junto a nós, meu fiel escudeiro, e observa como os cavaleiros andantes, como eu, honram esses humildes e ignorantes cabreiros, participando com eles de seu fogão e de sua frugal refeição... quase de igual para igual. Assim somos nós, os verdadeiros cavaleiros andantes.

Depois de terem dividido o ensopado de cabra com os pastores, Dom Quixote e Sancho Pança dormiram sob as árvores o mais justo e tranquilo sono. Assim que amanheceu, prosseguiram viagem, depois de muito agradecer a hospitalidade e os agrados recebidos.

Quando o sol alcançou seu ponto mais alto, os dois aventureiros apearam junto de um riacho e, sob a acolhedora sombra de uma árvore, comeram o pouco que ainda restava em seus alforjes. Tudo parecia correr na mais perfeita ordem e paz... até que a sorte – ou o diabo, pois este nem sempre dorme – resolveu bulir com nossos heróis.

Acontece que, nem bem haviam terminado a refeição e preparavam-se para uma justa sesta, chegou uma tropilha de éguas conduzidas por um bom número de vaqueiros. Seu destino era os bons pastos ali existentes.

Rocinante, apesar da idade e do péssimo estado físico, ficou todo assanhado ao ver as belas fêmeas que chegavam. Sem pedir licença ao seu dono, saiu num trotezinho cheio de faceirice em direção às lindas recém-chegadas. Às éguas, porém, era maior a necessidade de pastagem e descanso que dos arroubos apaixonados do velho Rocinante. Receberam-no a patadas e dentadas. A recepção foi tão violenta que logo o rocim estava em pelo. A correia rebentou e a sela saltou longe com a saraivada de golpes recebidos. E isso não foi tudo. Os vaqueiros, acreditando que Rocinante estava ferindo seus animais, acudiram e, a pauladas, aplicaram nova e mais forte surra no coitado.

Dom Quixote encheu-se de brios e disse ao escudeiro:

– Vejo que esses não são cavaleiros, e sim gente vil e de baixos instintos. Desta vez poderás participar da luta e ajudar a desagravar meu nobre corcel.

– Que diabo de vingança poderemos tomar? São mais de vinte homens e nós somos só dois! Dois? Nem isso: um e meio, se olharmos bem – reclamou, assustado, o gorducho escudeiro.

– Eu valho por cem! – replicou Dom Quixote.

E, desembainhando a espada, avançou contra os vaqueiros. Conseguiu ferir o primeiro, mas em seguida os outros avançaram com seus pesados cajados e derrubaram os dois à custa de ferozes pauladas. A pancadaria foi tão grande que assustou os próprios aplicadores. Assim que viram os dois caídos, trataram de fugir, receosos de que a "cavalaria" chegasse para auxiliar os pobres coitados.

O primeiro a se recuperar foi Sancho Pança, que, choramingando, chamou pelo patrão.

– O que queres, meu irmão? – respondeu-lhe o cavaleiro com voz fraca.

– Queria, se fosse possível, um trago do tal bálsamo do "feio Brás", e tomara que ele seja tão bom para ossos quebrados quanto para feridas. Estou todo arrebentado. Ai, como dói...

– Infelizmente, ainda não o possuo. Mas juro-te, pela minha fé de cavaleiro, que antes de dois dias o terei em meu poder.

– No estado em que estamos, quando poderemos sair daqui? – perguntava Sancho Pança, enquanto se apalpava prudentemente em busca de ossos quebrados.

– Não sei... não sei. Só sei é que eu mesmo sou o culpado pelo ocorrido. Estou sendo castigado. Não poderia ter cruzado armas com plebeus. As leis da cavalaria ordenam que só se lute contra cavaleiros... e eu as desobedeci. Por isso o deus das guerras me castigou cruelmente. Mas foi válida a lição! De hoje em diante, quando se tratar da ralé, tu és quem deve praticar a vingança.

Sancho Pança, não gostando nem um pouco da recomendação, argumentou:

– Senhor, sou um homem pacífico, manso e sossegado. Tenho mulher e filhos para sustentar e criar. Procuro nunca me meter em brigas porque, naquelas em que me meti, sempre levei pancadas.

– Quisera estar em melhor forma para te explicar todos os mistérios das coisas da cavalaria andante. Infelizmente, estás completamente errado. Assim não poderás governar ilha nenhuma. Um verdadeiro governador deve saber vingar as ofensas e defender seus súditos em qualquer situação.

– Quisera ter seu entendimento. Hoje estou mais para compressas que para sabedorias. O melhor é ver se conseguimos pôr de pé o Rocinante, ainda que ele não mereça. Foi ele o culpado dessa desgraça toda. O que tinha esse pangaré de ir-se assanhar com as éguas?

Depois de ajeitar as coisas o melhor possível, resolveram reiniciar a caminhada.

– Como estão as costelas de Vossa Mercê? – perguntou o escudeiro entre um gemido e outro.

– Moídas a pauladas, como as tuas. Minha condição de fidalgo me faz sofrer mais que tu. Isso é natural. A gente de classe baixa é mais rude e, portanto, com menores sentimentos. Se tudo o que estou passando não fosse pela cavalaria, me deixaria morrer aqui.

Sancho Pança achou melhor não replicar. Ajudou seu amo a montar no maltratado Rocinante e acomodou-se no lombo do jumento. A passo lerdo, para não aumentar as dores, marcharam pela estrada.

Mal tinham percorrido uma légua, quando avistaram, à margem do caminho, uma hospedaria. Dom Quixote imediatamente chamou a atenção do criado.

– Estás vendo aquele castelo?

Sancho Pança levou um susto e exclamou:

– Pelo amor de Deus, Dom Quixote. Aquilo lá é uma estalagem! Não vamos começar tudo de novo...

O que sucedeu ao engenhoso fidalgo na estalagem que ele teimava em chamar de castelo

Ao chegarem diante da estalagem, seu proprietário veio recebê-los. Vendo o estado lastimável de Dom Quixote, perguntou o que havia ocorrido com ele.

– Meu amo caiu num despenhadeiro e se feriu um pouco.

– Não me parece um pouco... – disse o outro, examinando curiosamente o fidalgo.

– Um pouco meio bastante...

Para sorte dos dois feridos, o pessoal da casa era gente de excelente coração. Logo, a mulher do vendeiro, ajudada por uma filha e uma criada asturiana, preparou uma cama dentro de um antigo paiol então em desuso. Era uma cama miserável, com um colchão imundo e não mais limpos cobertores, mas era o que havia, e ali acomodaram o infeliz. Com toda a delicadeza, limparam e medicaram o corpo de nosso magro herói.

Maritornes, a criada asturiana, apesar de vesga e feia, era muito observadora. Como, aliás, todos os filhos da província de Astúrias.

– Essas feridas mais parecem golpes do que machucaduras de queda – observou.

– Mas foi queda – replicou Sancho Pança. – Era uma ribanceira cheia de pedras pontudas. Mas, por favor, guarde um pouco do unguento para este pobre criado que também está ferido e cheio de dores.

– Então caíste também? – perguntou a vendeira.

– Não caí. Mas só do susto de ver meu amo e senhor rolando pelo abismo, fiquei tão dolorido como se tivesse levado uma sova de pau.

– Pode ser isso! – comentou a filha dos proprietários. – Já me aconteceu de sonhar ter caído de uma torre e acordar toda dolorida.

– Imagine eu, sem sonhar nada e perfeitamente desperto, em que estado fiquei. Quase igual ao meu amo.

– E como se chama esse cavaleiro?

– Dom Quixote de la Mancha – respondeu Sancho. – É um cavaleiro andante, aventureiro dos melhores e mais fortes que se pode encontrar no mundo.

– E o que é um cavaleiro andante aventureiro? – indagou a moça, cheia de curiosidade.

– Serás tão nova que não sabes o que é um cavaleiro andante? – Sancho Pança deu-se ares de entendido. – Pois fica sabendo, cara menina, que cavaleiro andante é um sujeito que hoje pode ter levado uma enorme sova de pau e amanhã terá dois ou três reinos para oferecer ao seu fiel escudeiro.

– E como é que, sendo escudeiro desse fidalgo, ainda não tens sequer um simples condado? – perguntou a dona da casa.

– É ainda muito cedo. Não faz um mês que iniciamos nossas aventuras. Estamos ainda na primeira fase, que é levar bordoadas. Mas meu nobre senhor chegará às alturas e eu estarei à sua sombra.

Dom Quixote, deitado no catre, escutava tudo. Extremamente envaidecido com as palavras do servo, deu um jeito de sentar-se e, pegando na mão da vendeira, disse:

– Acreditai, formosa senhora. Grande é vossa ventura em abrigar este andante cavaleiro em seu imponente castelo. Terei escrito eternamente em minha memória o bem que me haveis prestado. Não fosse eu já cativo das leis da cavalaria e do amor de minha adorada Dulcineia, e entregaria minha liberdade aos lindos olhos de vossa filha.

As mulheres ficaram muito confusas com o palavreado pomposo e ininteligível do ferido. Olhando-se, tentando entender alguma coisa, trataram de fugir dali, depois de algumas mesuras atrapalhadas.

Naquela noite, Sancho Pança preparou um leito ao lado do de Dom Quixote. Cansado e desiludido, estendeu seu gordo corpanzil e quase imediatamente pegou no sono.

Seria uma noite tranquila, não fosse o fato de Maritornes, a criada, ter combinado fazer uma visita amorosa a um hóspede que dormia nos fundos do mesmo cômodo. Era um arrieiro ciumento e de maus bofes. Enquanto avançava a noite, Sancho Pança roncava, Dom Quixote pensava em sua bela Dulcineia e o arrieiro aguardava a visita da criada.

Assim que Maritornes abriu a porta, Dom Quixote ouviu o ruído e pôs-se de guarda. Vislumbrando, contra a luz do luar, uma mulher de camisola transparente, acreditou ser sua bela amada que chegava para minimizar as dores dos ferimentos e da enorme saudade que sentia. Sentou-se na cama e estendeu os braços para receber seu amor. A criada, que vinha também de braços estendidos, encontrou-se com o fidalgo, que a fez sentar-se na cama. E tendo-a assim presa e colada junto ao corpo, falou com voz baixa e apaixonada:

– Quisera um dia poder pagar, formosa senhora, tamanho favor. Quis a fortuna, que não se cansa de perseguir aos bons, prostrar-me nesse leito, ferido e alquebrado, para receber vossa honrosa visita.

A criada, assustada, mas impossibilitada de falar, para não dar o alarma, tentou desvencilhar-se. Seus movimentos alertaram o arrieiro, que, pensando estar o fidalgo tentando forçar Maritornes a deitar-se com ele, avançou e descarregou tremendo murro na cara de Dom Quixote. Não contente com isso, saltou sobre o infeliz cavaleiro golpeando com os dois pés o dolorido peito. O catre não aguentou o peso dos dois e arriou. A barulheira acordou o dono da hospedaria, que gritou o nome da criada. Esta seguiu calada, pois seria denunciar-se, caso respondesse. O estalajadeiro pegou um lampião e entrou no paiol para ver o que ocorria. A criada, vendo que seu patrão iria descobri-la, enfiou-se no leito de Sancho Pança e sob o cobertor ficou bem quietinha.

O vendeiro entrou e berrou furioso:

– Onde está aquela vagabunda?

Com os gritos, Sancho despertou e, sentindo aquele corpo ao seu lado, acreditou estar tendo um pesadelo. Assustado, começou a distribuir socos na mulher. Esta se enfureceu e retribuiu à altura. Estava completo o pandemônio. O arrieiro, com a luz do candeeiro, viu onde estava a mulher e, deixando em paz Dom Quixote – já bem surrado –, foi auxiliá-la.

Para mal de todos os pecados, na hospedaria dormia um adepto da Santa Irmandade de Toledo – uma espécie de polícia da época – que, ouvindo a algazarra, acorreu gritando:

– Detenham-se em nome da lei. Alto, em nome da Santa Irmandade!

O primeiro com quem se encontrou foi Dom Quixote, estendido sobre o catre derrubado e completamente inconsciente. O justiceiro agarrou nosso herói pelas barbas e gritou-lhe que se rendesse. Não sentindo reação nenhuma, achou que o homem estava morto.

– Fechem as portas! Que ninguém saia! Mataram um homem!

Foi uma debandada geral. Só Dom Quixote e Sancho Pança não puderam se mexer, tão abatidos estavam.

O encontro de dois poderosos exércitos assistido por nossos heróis (ou A batalha contra um rebanho de ovelhas)

Na manhã seguinte, Sancho Pança estava tão moído e alquebrado que nem podia encilhar seu jumento. Vendo-o em tão lastimável estado, Dom Quixote lhe falou:

– Agora estou mais que nunca convencido de que aquele castelo era encantado. Quem, senão fantasmas, haveria de te proporcionar tamanha surra? Podes ter certeza: um terrível encantamento transformou o formoso castelo numa nojenta estalagem. E depois, eu, por mais esforço que fizesse, não consegui ir em teu auxílio. Fiquei completamente imobilizado por um ato de feitiçaria!

– Para mim, aqueles não eram fantasmas nem nada, e sim homens de carne e osso. O que penso de tudo isso é que as aventuras que andamos buscando nos trazem mais dores de cabeça e incômodos que qualquer outra coisa. Até agora, só conseguimos apanhar mais que burros de carga. Essa tal de cavalaria andante está-me saindo muito mal...

– Como sabes pouco, meu pobre Sancho! – respondeu Dom Quixote. – Não entendes nada de nada e muito menos de cavalaria. Que aventura é maior para um guerreiro do que vencer dura batalha?

– Talvez seja assim, já que nada entendo disso. Mas até agora, só o que ganhamos foram pauladas, murros, cacetadas e outros regalos que não me agradam. Ainda não vi vantagem nenhuma em tudo o que fizemos.

– Realmente. Estes maus momentos são uma pena que estou pagando, e, infelizmente, deves pagar comigo. Mas, com o tempo, verás que tudo sairá bem e teremos nossas compensações.

Enquanto falavam, iam trotando pela estrada, afastando-se daquela estalagem onde tão maus momentos haviam passado. Eram belíssimos os campos e isso contribuiu para dar um pouco de ânimo aos infelizes viajantes.

Dom Quixote, depois de consolar seu escudeiro, começou a confortar a si mesmo, pensando em feitos heroicos de cavalaria, amores de belas princesas, derrotas de dragões, feiticeiros e outros inimigos de igual poder. Todas as suas vitórias depositaria, com orgulho e satisfação, aos pés de sua bela Dulcineia de Toboso.

Nisso avistaram uma nuvem de pó na linha do horizonte. Era um rebanho de ovelhas, mas aos olhos do alucinado cavaleiro se transformaram.

– Vê, meu fiel escudeiro, lá vem o exército do imperador Alifanfarrão, senhor da grande ilha de Trapobana.

Sancho Pança olhou detidamente a enorme nuvem de poeira, mas nada concluiu. Observou que, no lado contrário, acontecia o mesmo.

– Então são dois os exércitos. Lá! – apontando com o braço na outra direção. – Lá vem outra tropa.

– Deste lado se aproximam as tropas de Pentapolim do Braço Remangado. É assim chamado porque sempre entra nas batalhas com o braço direito nu.

Apesar de duvidar de tudo o que estava ouvindo, Sancho Pança não deixou de dar uma certa dose de crédito ao amo. Perguntou-lhe que diabo faziam ali aqueles exércitos.

– Vão travar batalha entre si – respondeu Dom Quixote, sem qualquer hesitação. – O que se passa é que Alifanfarrão é um furibundo pagão e está apaixonado pela filha de Pentapolim, que é cristão.

– Então fico do lado do cristão – sentenciou o escudeiro.

– Nada disso. Vamos esperar que eles se destruam entre si. Tomaremos o partido do mais fraco. Isso se a justiça estiver de seu lado. Mas agora vamos até o alto daquela colina, donde melhor poderemos assistir à peleja.

Esta sugestão agradou mais ao escudeiro do que se meter em novas confusões. Subiram até a elevação, e lá Dom Quixote começou a explicar o suposto combate.

– Vês aquele cavaleiro de armadura dourada, que traz no escudo um leão coroado? É o valoroso Laurcalco, senhor da Ponte Prata. O outro, com flores de ouro nas armas, é o temido Micocolembo, grão-duque de Quirocia. O gigante à sua direita é Brandabarão de Boliche, o destemido, senhor de todas as Arábias.

E assim, um por um, ia descrevendo os componentes do exército aos ouvidos incrédulos de Sancho Pança, que não via nada mais que um inocente rebanho de ovelhas conduzido por seus pastores.

– Acho, meu senhor, que estou com o mesmo feitiço de ontem. A única coisa que vejo é uma porção de ovelhas com uns homens tocando.

– Como podes dizer isso, incrédulo? Não ouves o relinchar dos cavalos de batalha, o toque dos tambores e as sonoras clarinadas?

– Só ouço balidos de ovelhas... – falou, desconsolado, o escudeiro.

Nesse meio-tempo, os dois rebanhos se encontraram no caminho, formando um só.

– Sinto que tens medo, meu fiel criado. Por isso não consegues ver o que realmente ocorre diante de teus olhos. Mas deixa-te ficar aqui mesmo. Eu me basto para tão crua batalha. Irei tomar parte no embate. – Dizendo isso, esporeou o Rocinante e galopou em direção ao rebanho. – Que vença o melhor! – gritou.

– Voltai, senhor! Não existem gigantes nem cavaleiros! Ireis fazer besteira! – gritou Sancho Pança, desesperado diante da nova barbaridade do patrão.

Dom Quixote não lhe deu atenção. Num galopar deselegante, embarafustou-se pelo meio do rebanho provocando enorme correria. Os pastores gritaram que parasse, que não fizesse tal coisa. O cavaleiro não lhes deu ouvidos, distribuindo pancadas com a lança improvisada em tudo que se movia diante de si.

Foi a conta! Enfurecidos, os pastores, usando suas eficientes fundas – armas improvisadas com laços de couro – iniciaram uma chuva de pedras contra o agressor. Uma acertou-lhe o escudo, outra o peito e a terceira rebentou-lhe meia dúzia de dentes, fazendo saltar um jorro de sangue da boca ferida. Desequilibrado e ferido, Dom Quixote caiu do cavalo e ficou estendido sangrando entre as ovelhas. Os pastores, assustados e temerosos de terem matado o maluco, trataram de recolher seu rebanho e fugir dali.

Sancho, arrancando as barbas desesperado, maldizendo-se por ter-se metido em semelhante loucura, acorreu em socorro do cavaleiro.

– Não vos disse que eram ovelhas? Que diabo de exércitos vistes? – perguntou, cheio de reprimendas na voz.

– Se fossem ovelhas eu estaria nesse estado? – replicou Dom Quixote. – Claro que eram feiticeiros. Terríveis inimigos! O que fizeram foi transformar-se em ovelhas para roubar-me o gosto e a honra da vitória. Se duvidas, monta em teu jumento e segue-os. Verás que logo adiante voltarão à sua forma primitiva. – A dor que sentia na boca ferida fê-lo voltar, por uns momentos, à triste realidade. – Vem até aqui e dá uma olhada em minha boca. Tenho a impressão de que não me sobrou um dente sequer...

Sancho Pança examinou a boca e meneou a cabeça, um tanto desconsolado.

– Realmente...

O Cavaleiro da Triste Figura

Depois de tão tristes e pesados acontecimentos, nossos dois heróis, auxiliando-se mutuamente, andaram pela estrada já indiferentes ao rumo. Assim, gemendo e andando, viram anoitecer sem encontrar um lugar onde pudessem acomodar seus corpos feridos e alimentar seus estômagos vazios.

Súbito viram, diante dos olhos cansados, uma multidão de luzes que se aproximavam, vindo em sentido contrário.

– Algo me diz que vamos viver uma muito estranha aventura! – disse Dom Quixote, examinando as luzes que se aproximavam.

– Desgraçado de mim! – exclamou Sancho Pança. – Se forem fantasmas, estamos perdidos. Já não temos costelas para mais uma surra.

– Por mais fantasmas que sejam, não permitirei que toquem um só fio de teus cabelos. Agora estou em campo aberto e posso manejar minha espada sem empecilhos.

– Se são fantasmas, de que adianta uma espada? Em campo aberto ou não, levaremos outra pancadaria.

– Calma, calma, e deixa tudo comigo. Sou eu quem entende disso.

– Tomara. Tomara! – respondeu Sancho.

As luzes se aproximaram. Eram vinte cavaleiros que vinham, cada um com uma tocha acesa na mão. Logo atrás, uma liteira toda negra. Os homens murmuravam entre si com voz baixa e soturna. Sancho Pança começou a tremer de medo batendo os dentes. Dom Quixote, porém, deu asas à imaginação. Acreditou que na liteira vinha um homem ferido ou morto. A ele, Dom Quixote, estava destinada a vingança de tamanho crime. De lança em riste, postou-se em frente ao séquito e intimou:

– Detende-vos, cavaleiros ou quem quer que sejais. Quero saber donde vindes e para onde ides. Quero saber, também, quais são vossos propósitos. Aqui estou para castigar-vos ou vingar-vos. Depende de vossas ações.

– Estamos com pressa! – disse um dos cavaleiros. – Deixa-nos passar, que não temos nem tempo a perder nem satisfações a dar... – E, picando a montaria, passou adiante.

Dom Quixote, ofendido, agarrou as rédeas do animal e obrigou-o a parar.

– Parai e respondei com educação ao que perguntei, ou tereis que aceitar combate comigo.

A mula assustou-se com o gesto brusco do fidalgo e empinou-se, atirando ao solo seu cavaleiro. Alguém gritou qualquer coisa. Dom Quixote julgou ser uma injúria e avançou derrubando com a lança outro cavaleiro.

Logo, entusiasmados, tanto Dom Quixote quanto Rocinante iniciaram a golpear a torto e a direito, derrubando todos os que estavam mais próximos. Caíam os cavaleiros e caíam as tochas, tornando o campo de batalha cada vez mais escuro. Por fim, atordoados com o ataque e acreditando ser um demônio, os infelizes trataram de fugir daquela fúria.

Sancho Pança estava extasiado. Seu amo era, realmente, um valente e invencível cavaleiro. Afinal as coisas começavam a melhorar. Talvez já tivessem cumprido a fase de levar pancadas.

Dom Quixote, depois do rápido triunfo, aproximou-se de um homem caído.

– Rendei-vos ou sereis passado pelo fio de minha nobre espada.

– Rendo-me, senhor. Estou com a perna quebrada e não posso sequer pôr-me em pé. Peço-vos que poupeis minha vida. Sou apenas um pobre religioso...

– E que fazeis aqui, se sois um homem da Igreja?

– Venho da cidade de Baeza com outros sacerdotes. Vamos para Segóvia levando um defunto que está aí na liteira.

– E quem o matou? – interrogou Dom Quixote bruscamente.

– A peste e a vontade soberana de Deus.

– Então está bem. A vontade divina merece meus respeitos. Sou o famoso cavaleiro Dom Quixote de la Mancha e só vingo maus feitos humanos.

– A mim, o que ocorreu foi sobrar-me uma perna quebrada. Acho que Vossa Mercê enganou-se desta vez – disse o infeliz.

– O erro foi do destino. Viajando de noite, envoltos em panos negros, com tochas acesas... a mim pareceram fugitivos da justiça. Ou, quem sabe, almas do outro mundo...

– Já que esta é minha sorte, o jeito é me conformar... – disse o religioso. – Mas, senhor cavaleiro, podeis auxiliar-me a sair desta incômoda posição?

Realmente, o pobre viajante estava preso sob o corpo da mula e, por mais esforços que fizesse, mal se podia mover.

Dom Quixote ordenou ao seu escudeiro que ajudasse o ferido, já que tais tarefas não deviam ser praticadas por fidalgos. Sancho Pança estava ocupado em "aliviar" os pertences encontrados num alforje conduzido por uma das bestas. Somente depois de recolher todos os despojos é que atendeu às ordens do amo. Arrogante, depois da fácil vitória de seu cavaleiro, Sancho Pança tratou de informar ao vencido:

– Antes que te ajudemos, é melhor que fiques sabendo que quem ganhou esta briga foi meu patrão, Dom Quixote de la Mancha, também conhecido como o Cavaleiro da Triste Figura.

Dom Quixote, depois de ver o ferido livre do peso da mula, perguntou ao escudeiro de onde havia tirado aquele novo título para sua já extensa linhagem.

– É que quando Vossa Mercê estava brigando, visto pela claridade das tochas, todo rebentado e sem dentes, pareceu-me um cavaleiro de triste figura.

– Esta é uma verdadeira inspiração. Todos os grandes cavaleiros tiveram cognomes que indicavam seus feitos e suas vitórias. Assim como existiu o Cavaleiro da Espada de Fogo e tantos outros, eu serei o Cavaleiro da Triste Figura. Assim serei chamado daqui em diante. Mandarei gravar em minha espada e em todas as minhas armas este tão significativo título.

A conquista do elmo de Mambrino

Depois dessa aventura, na qual, por incrível que pareça, ao final deu tudo certo, nossos queridos heróis continuaram seu caminho. Era noite e tinham pouca ou nenhuma ideia do rumo a seguir. Logo ouviram uns baques surdos que Dom Quixote imaginou serem os passos de gigantes inimigos. Quis enfrentá-los, mas Sancho Pança argumentou que uma batalha noturna seria altamente desvantajosa mesmo para tão inquebrantável cavaleiro. Afinal, como seu amo insistisse em atacar os gigantes, Sancho Pança, muito matreiramente, amarrou as patas dianteiras do Rocinante. Como o animal não podia andar, Dom Quixote acreditou ser obra de algum encantamento e resolveu esperar o dia amanhecer para dar combate aos novos inimigos.

No dia seguinte, depois de pouco andar, deram com um riacho e meia dúzia de monjolos que executavam seu monótono trabalho de moer os grãos. Sancho Pança riu divertido ao verificar que os gigantes mencionados pelo amo não passavam de simples monjolos.

– Ninguém pode saber, no escuro, qual a causa dos barulhos que se ouvem. Mais respeito, portanto... São pilões, mas poderiam ser gigantes. Os escudeiros, pelo que li nos livros de cavalaria, não têm direito de desrespeitar seus cavaleiros.

– Ora, meu nobre senhor, com respeito ou não, eu só queria minha ilha – respondeu o escudeiro, cada vez mais incrédulo quanto às promessas de seu patrão.

Nisso, começou a chover. Sancho Pança sugeriu que se abrigassem nos moinhos, mas o fidalgo estava ainda tão amolado com o engano cometido que preferiu prosseguir caminho, mesmo à custa de uma boa gripe ou, o que seria pior, uma ferrugem em sua armadura. Em certa altura do caminho, avistaram um homem que vinha em sentido contrário e trazia algo muito brilhante na cabeça.

– Parece-me, Sancho, que muito certo está o provérbio que diz: "Onde uma porta se fecha, outra se abre". Digo isto porque, se não me engano, aquele que lá vem traz na cabeça o elmo de Mambrino. Deve tê-lo conquistado em sangrenta batalha. Nota-se que o cavaleiro que aí vem, apesar do andar cansado e dos evidentes sinais de ter saído recentemente de um combate, tem o porte altivo de cavaleiro. Sua montaria é digna de um guerreiro.

Sancho Pança escutava tudo com um jeito desconsolado:

– O que vejo, meu senhor, é um simples homem montado no mais simples jumento... e que carrega uma coisa brilhante na cabeça.

Sancho Pança tinha toda a razão. O homem montado no jumento era um barbeiro itinerante que, com o início das chuvas, colocara sua bacia sobre a cabeça para proteger-se. A bacia, mesmo sob a chuva, brilhava como ouro.

Dom Quixote não quis ouvir as ponderações de seu amigo. Com a imaginação à solta, alimentada pelas leituras aventurescas, já se lançava contra o infeliz.

– Defende-te, criatura infernal! Entrega-me por bem o elmo de Mambrino ou tomá-lo-ei pela força de minhas armas!

O barbeiro, vendo avançar aquela fantasmagórica figura, não esperou segundo aviso. Atirando a bacia longe, saltou do lombo da mula e saiu correndo em sentido contrário ao de onde vinha.

Sancho Pança saiu à cata do "elmo" conquistado.

– Por Deus, que é uma boa bacia! Deve valer alguma coisa mais que nada. – E entregou-a a Dom Quixote, que depois de examiná-la detidamente experimentou-a na cabeça.

– Falta um pedaço e justamente a parte de ouro. Mas sem dúvida era o capacete de Mambrino. Reconheço-o pelo tamanho... aquele guerreiro tinha uma cabeça enorme.

Sancho Pança, escutando os disparates do patrão, não conteve uma gostosa gargalhada.

– De que te ris? – inquiriu-o Dom Quixote, rispidamente.

– Que cabeça grande, que nada, patrão! Isso não passa de uma muito simples e vulgar bacia de barbeiro!

– Jamais serás um escudeiro à altura de Dom Quixote! – admoestou-o o cavaleiro.

– E o que fazemos do cavalo conquistado? Afinal, agora nos pertence por direito.

– Não costumo despojar os vencidos. Somente ficaria com seu cavalo se o meu tivesse sido morto em combate. Essa é a lei da cavalaria. Assim, Sancho, deixa esse animal aí. O dono há de vir buscá-lo.

– Ao menos deixai-me trocar os arreios. Os de meu jumento estão imprestáveis... – ponderou o escudeiro.

Dom Quixote permitiu, e Sancho apressou-se em fazer a troca. Nos alforjes do barbeiro encontraram um presunto, que trataram de comer.

E assim, de barrigas cheias e melhor humor pela pequena vitória conquistada, rumaram em direção de seu destino.

Dom Quixote liberta os prisioneiros, que lhe agradecem

E o destino estava tão próximo como o capítulo anterior deste. Sancho Pança, que enxergava melhor, avistou, no mesmo caminho, uma fila de homens a pé, todos acorrentados uns aos outros, como um disparatado colar. Conduzindo-os, vinham dois guardas a cavalo portando arcabuzes, e mais dois a pé armados de espadas. Eram condenados às galés. Temeroso de alguma loucura do patrão, Sancho Pança foi logo avisando:

– Cuidado, patrão. Esses sujeitos foram condenados pela justiça do rei. Terão que remar nos navios da Espanha por muitos anos. Melhor não nos metermos ou teremos complicações.

Dom Quixote pareceu ter levado em contas o conselho. Aproximou-se e, depois de cumprimentar respeitosamente o guarda montado, perguntou por que aqueles infelizes estavam acorrentados.

– Não temos tempo a perder com esse tipo de coisas – respondeu o guarda, mal-humorado. – Levamos aqui o registro de todos os crimes praticados por essa escória. Se quiser saber alguma coisa, pergunte a eles mesmos.

O fidalgo, assim autorizado, aproximou-se do primeiro e indagou-lhe a razão de tão duro destino.

– Por ter-me apaixonado...

– Só por isso? Não sabia que amar era crime!

– ...por um baú cheio de roupas finas. Não fosse o dono reclamar, e ainda hoje estaria abraçado a ele.

– E tu? – perguntou ao segundo. Como esse seguisse calado, o primeiro tratou de responder por ele:

– Acontece que ele se danou por ser canário... isto é, músico e cantor...

– A mim me parece que cantar é um direito: "Quem canta seus males espanta", diz o ditado.

– Aqui é o contrário. Quem canta uma vez, chora pelo resto da vida.

– Não entendo...

– Senhor cavaleiro – intrometeu-se o guarda. – Entre essa gente, "cantar" é confessar seus crimes. Claro que essa confissão é arrancada por métodos muito conhecidos... a chibata, a roda, o garrote...

– E tu, meu pobre amigo? – perguntou Dom Quixote a um terceiro.

– A mim me faltaram dez moedas de ouro. Agora vou remar por cinco anos...

– De bom grado daria vinte para não te ver em tão aflitiva situação...

– Se eu tivesse dez moedas, teria molhado a mão do escrivão e aguçado a inteligência do procurador. Agora estaria gozando a vida em Toledo...

E assim foi o fidalgo indagando de um e de outro as razões das condenações. Todos tinham bons argumentos que os inocentavam.

O último dos acorrentados era um homem jovem, em torno de trinta anos, de porte altivo e boa aparência. Trazia no tornozelo uma corrente com o dobro do peso e grossura da dos demais. Além disso, estava algemado e com um terceiro anel no pescoço.

– Por que este está assim sob tanta segurança?

– Esse sozinho praticou mais crimes que todos os outros juntos. Seu nome é Ginés de Passamonte...

– Senhor comissário, este não é momento de denunciar nome e sobrenome! – reclamou o prisioneiro. – Sou Ginés de Passamonte e serei lembrado depois da minha morte, pois escrevo todas as façanhas que pratico.

– Parece um tipo hábil – observou Dom Quixote.

– Hábil e infeliz! – retrucou o preso.

– Isso mesmo. Vejo que todos aqui são uns infelizes injustiçados. São muito pesadas as condenações para tão pequenos delitos – disse Dom Quixote. – A justiça do rei é injusta. Só Deus tem o direito de condenar. – E elevando a voz para os guardas: – Exijo que liberteis estes desgraçados!

– Deixa de maluquices – respondeu o guarda. – Desde quando tens autoridade para libertar presos... ou para nos dar ordens?

– Tira esse penico da cabeça! – gritou-lhe um dos guardas que estava a pé. – E trata de dar o fora!

Foi a conta. Dom Quixote, num golpe rapidíssimo, derrubou o único guarda que portava o arcabuz. Quando os demais avançaram contra ele, os prisioneiros trataram de também atacar os guardas, que já investiam contra nosso herói. Sancho Pança aproveitou a ocasião e com movimentos rápidos livrou Ginés de Passamonte das correntes. O bandido imediatamente apossou-se do arcabuz e de uma espada e pôs os guardas a correr.

Depois de libertar todos das correntes, Dom Quixote iniciou um discurso:

– Vós tendes agora uma dívida para comigo! Nada enobrece mais um homem que pagar suas dívidas de gratidão. Para mim, pessoalmente, nada quero. Exijo, tão somente, que vades todos até a cidade de Toboso e, ali chegando, apresentei-vos diante da senhora Dulcineia. E, depois de apresentados, dizei que seu Cavaleiro da Triste Figura vos devolveu a liberdade. Depois disso tudo, podeis ir para onde quiserdes.

– Sinto muito, senhor libertador – respondeu Ginés. – Mas o que nos pede é impossível. O que temos que fazer agora é cada um tomar um rumo diferente e tratar de sumir, caso contrário voltaremos para as galés. O melhor é dar-nos outra tarefa mais fácil de cumprir... como rezar uma meia dúzia de ave-marias e padre-nossos em sua intenção.

Dom Quixote ficou furioso:

– Se não podeis ir todos, irás tão somente tu, Ginés de não sei quê, e de rabo entre as pernas, carregando todas essas correntes.

Ginés, que tinha entre suas principais virtudes a esperteza e a velhacaria, transmitiu uma ordem em voz baixa aos seus companheiros. Imediatamente uma chuva de pedras caiu sobre o fidalgo e seu escudeiro. Sancho Pança ainda conseguiu proteger-se atrás do jumento, mas seu patrão não foi tão feliz. Levou umas quatro ou cinco pedradas e caiu desmaiado. Logo, a turba saltou sobre os dois e completou o serviço aplicando-lhes uma bem nutrida surra. Depois, cada um dos recém-libertos tomou um rumo diferente. Nenhum, porém, na direção de Toboso.

Ficaram na estrada os dois, caídos, feridos e desiludidos com o gênero humano. Como podiam aqueles ingratos pagar tão mal, depois de tantos benefícios recebidos?

Um plano meio complicado para salvar Dom Quixote

Depois da última aventura, temerosos de serem procurados pela justiça devido à libertação dos forçados, nossos heróis resolveram esconder-se por uns tempos até que as coisas se acalmassem.

Meteram-se na Serra Morena, onde Sancho Pança encontrou uma mala contendo finas roupas, algumas moedas de ouro e um caderno cheio de poemas apaixonados. Era de um jovem maluco chamado Cardênio, que foi alcançado logo depois. Acontece que o jovem estava apaixonado por uma moça e tanto falou dela e tanto recitou poemas que, como a febre, transmitiu o mal de amor para Dom Quixote.

O esquálido cavaleiro passou uma noite febril pensando em Dulcineia de Toboso. Sancho Pança dormiu como um justo e graças a isso teve seu jumento roubado durante a noite por salteadores da floresta.

No dia seguinte, Dom Quixote escreveu um poema e ordenou a Sancho Pança que o levasse para sua amada. Como o escudeiro não parasse de reclamar pela perda do burro, escreveu também uma ordem para que sua sobrinha entregasse três animais ao portador. Em seguida, fez o gorducho criado montar no velho Rocinante e partir.

Sancho partiu, chegando à tarde em frente à estalagem onde haviam passado os maus bocados já relatados. Tinha o propósito de não se deter, mas a fome foi mais forte. Prudentemente, espiou pela janela antes de entrar e, para seu espanto, viu o barbeiro e o cura da sua aldeia e amigos de Dom Quixote.

Tanto o barbeiro quanto o cura quiseram saber do paradeiro do fidalgo, mas Sancho Pança negava-se a colaborar. Por fim, como argumento derradeiro, ameaçaram entregá-lo à justiça, já que tudo indicava tê-lo matado, roubando-lhe o Rocinante. Diante de tais argumentos, o escudeiro contou tudo, inclusive que ia à procura de Dulcineia para entregar-lhe uma carta.

Quando foi mostrar a carta para confirmar suas palavras, descobriu que a havia perdido juntamente com a ordem de entregar os burros. Sancho Pança começou a chorar desconsoladamente. Não pela perda da carta, que sabia quase toda de cor, mas sim porque não poderia mais receber os jumentos.

– Não chores por isso, amigo Sancho. Terás os três burros, mas o que importa agora é localizar nosso maluco amigo e trazê-lo de volta ao lar e à razão – disse o cura.

Depois de muito pensar, de engendrar planos e em seguida abandoná-los, conseguiram traçar uma estratégia para resgatar o Cavaleiro da Triste Figura daquela estúpida situação. Sabiam que sem uma boa isca não haveriam de convencer o cabeçudo cavaleiro. Assim, o barbeiro se vestiria de mulher – uma bela e desamparada donzela – e o cura seria seu criado. Iriam até onde estava Dom Quixote e pediriam para colocar-se sob sua proteção de cavaleiro andante. Acreditavam que, dessa forma, o velho guerreiro faria tudo que a "donzela" pedisse, inclusive acompanhá-la de volta a casa.

Com esses propósitos, partiram todos, bem de madrugada, em direção à Serra Morena. Lá pelo meio-dia, chegaram a um riacho de águas cristalinas oculto nas sombras da floresta. Ali resolveram fazer uma refeição e descansar. Assim que se acomodaram, começaram a ouvir uma voz muito suave e melodiosa que cantava ternas baladas de amor.

Aproximaram-se todos do lugar donde fluía tão bonita voz e toparam com uma linda moça, vestida com rústicas roupas camponesas. Depois de longa conversa e estando a moça certa de tratar com gente boa, contou sua história. Amava um fidalgo que depois de muitas juras de amor eterno havia se apaixonado por outra moça chamada Lucinda. O moço chamava-se Dom Fernando, a quem o pai de Lucinda, querendo unir as duas fortunas, concedeu sua mão. Para a infelicidade da donzela, que por sua vez amava outro jovem.

Em resumo: Doroteia – a moça encontrada por nossos amigos – amava Dom Fernando. Este, num momento de fraqueza, aceitou a mão de Lucinda abandonando Doroteia. Lucinda, porém, amava Cardênio que...

– Cardênio? – berrou Sancho Pança. – Cardênio é o nome do jovem maluco que encontramos na floresta. Será o mesmo?

– É esse mesmo – disse uma voz que vinha do interior da floresta, de onde, após momentos, saiu um moço em direção ao grupo.

– Cardênio! – exclamou Sancho Pança.

– Em carne e osso, meu caro Sancho. Ouvi tudo o que falaram até agora e, pela minha fé de cavaleiro, haverei de vingar todas as ofensas sofridas por essa bela donzela.

Depois de muitas explicações, em que ninguém entendeu muito bem o que se passava, resolveram prosseguir com o plano traçado, usando agora a bela Doroteia como a desprotegida donzela que se iria pôr sob a proteção e guarda de Dom Quixote.

Ao alcançarem o local onde Sancho Pança havia deixado seu amo, encontraram-no quase morto de fome, gemendo e suspirando por Dulcineia.

Sancho aproximou-se e falou com voz calma e prudente:

– Vossa Mercê tem que se curar. Está aqui uma moça que precisa muito de sua ajuda. Ela está sendo perseguida por uns gigantes malvados e acha que só Vossa Mercê pode dar jeito neles. Sei que só mesmo Dom Quixote de la Mancha dá jeito em gigantes.

"Está-me saindo um bom malandro, esse Sancho", pensou o cura, escutando o falar ardiloso do escudeiro.

Nesse momento aproximou-se a moça e, ajoelhando-se diante de Dom Quixote, disse-lhe:

– Daqui não me levantarei, ó valoroso e esforçado cavaleiro, antes que me concedais o dom tão bem explicado por vosso fiel escudeiro.

Dom Quixote, embora terrivelmente fraco, reuniu forças para se pôr de pé.

– Está concedido, formosa princesa! – disse com voz mais forte que se supunha pudesse ter. – Levantai-vos com a certeza de que o Cavaleiro da Triste Figura jamais abandonaria tão graciosa donzela aos azares da sorte.

Embora rodeado por seus amigos recém-chegados – o cura e o barbeiro –, nosso fidalgo, envolto nos véus de seus delírios, não os reconheceu.

Pelo menos a primeira parte do plano estava tendo sucesso.

A volta à estalagem e novos acontecimentos notáveis

Afinal, depois de convencido a proteger a bela donzela, Dom Quixote foi posto sobre seu fiel Rocinante e todos seguiram para a estalagem já bem nossa conhecida. Ali foram recebidos por todos com muitas atenções. Até mesmo a grosseira Maritornes fez todo o possível para agradar aos hóspedes.

Dom Quixote, extremamente enfraquecido pelo jejum na floresta e os desconfortos da viagem, foi posto a dormir no mesmo quarto que havia ocupado durante sua última estada ali. Imediatamente caiu num sono agitado e cheio de sobressaltos. Lá pelas tantas, foi acometido de outro acesso de loucura e, acreditando lutar contra uma legião de inimigos, empunhou a espada e destruiu meia dúzia de odres de vinho que estavam num canto do cômodo.

O cura se responsabilizou pelo estrago, tranquilizando o enfurecido estalajadeiro. Quando a tarde caía, conseguiram novamente fazer o fidalgo dormir, porém nada indicava que ele contribuiria para uma noite tranquila naquela casa.

Depois do jantar, quando já todos se preparavam para descansar, Dom Quixote apareceu na sala vestido com sua louca armadura e um ar decidido.

– Enquanto vós repousais, montarei guarda ao castelo – sentenciou de maneira que não houvesse dúvidas de suas intenções. – Podeis dormir tranquilamente.

E, sem esperar resposta ou comentários, saiu ereto pela porta da frente. Logo encilhou o velho Rocinante e iniciou uma ronda em torno da estalagem que ele, em seus delírios, acreditava ser poderoso castelo.

Como ninguém estivesse disposto a contrariá-lo, pois que cada louco cultive suas loucuras em paz, o fidalgo acreditou-se o mais fiel e eficiente protetor do castelo. Somente duas cabeças tinham alguns planos para enriquecer a noite do fidalgo. Eram Maritornes, a criada, e a filha do estalajadeiro. Ambas resolveram bulir com aquele maluco cavaleiro. Numa de suas passagens sob a janela do quarto da filha, ela o chamou, fazendo gestos sugestivos.

– Senhor cavaleiro, chega até aqui que quero dizer-te algo muito importante.

O cavaleiro, auxiliado pela fraca luz da lua, atendeu ao chamado. Logo, sua alucinante imaginação descobriu uma formosa donzela, filha da senhora do castelo, vencida de amor por ele.

O fidalgo falava com voz apaixonada e largos gestos:

– Muito lastimo, formosa senhora, quererdes dedicar tão generoso afeto a quem não vos poderá retribuir.

Perdoai-me, bela, e recolhei-vos aos vossos aposentos. Nada posso fazer por vós nesse sentido, pois já sou prisioneiro de outro amor a quem jurei fidelidade. Porém, se qualquer outra coisa quiserdes, serei o mais feliz cavaleiro em atender-vos prontamente.

Tanto a moça quanto Maritornes riam baixinho do infeliz. A criada, mais desenvolta e vivida, quis levar adiante a farsa.

– Minha senhora diz que será feliz se ao menos tiver o gosto de segurar vossa forte e honesta mão. Ainda que seja por breves momentos.

Vendo que Dom Quixote se aproximava no intuito de satisfazer o desejo da donzela, Maritornes fez uma laçada na ponta de umas rédeas que estavam penduradas num prego e esperou. Pondo-se de pé sobre Rocinante, Dom Quixote aproximou-se o mais possível da alta janela e estendeu a mão. Imediatamente a criada passou a laçada em seu punho e com um puxão seco prendeu a outra ponta da rédea numa viga próxima. Ficou numa triste e incômoda posição nosso andante cavaleiro. Qualquer movimento brusco poderia assustar sua montaria, o que o deixaria dependurado pelo braço. De forma que, invocando sua querida Dulcineia e amaldiçoando a maldade humana, passou a noite naquela desonrosa posição.

Pela manhã, depois de muito riso e galhofas, o coitado foi libertado.

– Que aconteceu? – perguntou alguém.

– Mais uma vez fui vítima de terrível bruxaria. Hei de pedir permissão à princesa que ora está sob meus cuidados e darei combate singular a tão perigoso feiticeiro, até derrotá-lo – respondeu Dom Quixote ressentidamente.

A estranha forma que inventaram para conduzir Dom Quixote

Depois de mais essa loucura de Dom Quixote, o cura, o barbeiro e o estalajadeiro resolveram arrumar uma maneira infalível para devolver o doido fidalgo aos seus familiares sem maiores dissabores. Depois de muito confabular, encontraram a solução mais lógica: levá-lo preso.

Para isso conseguiram uma velha jaula, que colocaram sobre um carro de bois. Depois de tudo preparado, esperaram que o cavaleiro fosse dormir.

Sancho Pança, que não havia sido informado do plano, observava aqueles preparativos extremamente preocupado. Sentia que algo estava para acontecer, mas não se atrevia a perguntar nada. Ficou, porém, atento e acompanhando todos os movimentos do cura – que parecia chefiar o grupo – e seus cúmplices.

Quando tudo era silêncio na estalagem, quatro figuras encapuzadas lançaram-se sobre o fidalgo, que dormia. Depois de breve luta, amarraram suas mãos e seus pés e meteram-no na jaula.

Um deles, modificando a voz, disse ao cavaleiro, que lutava contra as cordas:

– Ó nobre Cavaleiro da Triste Figura, não vos ofendais por essa incômoda situação. Assim é necessário que seja feito para alcançardes êxito em vossa tão dura missão. Sentimos muito, mas pela fé de cavaleiros que somos, nada mais podemos dizer. Confiai em nós. Asseguro-vos, da parte da sábia Mentirona, que vossa missão terá um final bem-sucedido, graças ao vosso bom desempenho e nossa indispensável ajuda.

Ouvindo aquilo, o cavaleiro deixou de espernear e desfraldou as bandeiras de sua doentia imaginação. Teve a certeza de que essa punição seria para purificar seu coração e assim receber, em matrimônio, a bela prometida Dulcineia de Toboso. Nenhum sacrifício seria grande demais para alcançar tão almejado intento.

– Tu, quem quer que sejas, e que tantos bons vaticínios me trazes, a ti rogo que peças, de minha parte, ao sábio encantador que não me deixe perecer nesta prisão onde estou. Peço também que não abandones meu fiel escudeiro Sancho Pança, que sempre me serviu, tanto nos maus como nos bons momentos.

Sancho, que nada havia entendido ainda, mas pressentindo que tudo ia bem, segurou as mãos de seu querido amo e beijou-as entre as barras da jaula.

E assim, sem maiores tropelias, os amigos do desnorteado fidalgo deram início à caminhada que haveria de devolvê-lo ao aconchego do lar.

Mas estava escrito nas páginas do destino que a viagem não seria tão tranquila quanto pretendiam.

Seguia o séquito com o carro de bois e sua estranha carga, quando foram alcançados por seis ou sete homens montados em cavalos de belos portes e muito bem ornados. Os homens, também em excelentes trajes, observando o magro cavaleiro daquela forma aprisionado, perguntaram o que ocorria. Dom Quixote mesmo respondeu:

– Sois acaso versados em assuntos de cavalaria? Se sois, então poderei contar-vos minhas desditas. Caso contrário, não há razão de me cansar em dizer qualquer coisa a Vossas Mercês.

O cura e o barbeiro, temerosos de que o fidalgo viesse a descobrir as verdadeiras causas de sua prisão, acorreram para falar com os viajantes.

– Realmente, senhor cônego – era cônego um dos cavaleiros –, nosso nobre Dom Quixote de la Mancha está encantado por terríveis bruxas e maiores inimigos da virtude e do bem.

Não foi preciso mais para que se entendesse a real situação.

De forma que, como o caminho era o mesmo, o cônego e seus companheiros de jornada engrossaram a comitiva. Marcharam durante longo tempo acompanhando o passo lento do carro de bois. Diante de um riacho orlado por frondosas árvores e fartas pastagens, pararam para um merecido descanso, soltando as montarias e os bois nos pastos.

Sancho pediu ao cura que soltasse seu amo por alguns momentos, pois o mesmo precisava atender inadiável necessidade fisiológica.

– Se me dás tua palavra de que ele não vai aprontar nenhuma das suas... – disse o cura, pouco convencido.

A palavra foi dada pelo próprio Dom Quixote, que logo foi solto.

Sentados sobre a relva, almoçavam todos quando se ouviu um guizo logo seguido pelo tropel de um animal. Voltando os olhos na direção do barulho, viram uma cabra que corria perseguida pelo pastor, que gritava seu nome.

– Manchada, Manchada! – chamava o pastorzinho, tentando pegá-la. – Que diabo deu nesse bicho? Volte aqui, sua fujona!

– Calma! Calma! – disse-lhe o cônego. – Ela não há de fugir! Senta-te aqui e bebe um gole de vinho conosco. Nesse tempo o animal se acalma e podes levá-lo de volta ao rebanho.

O pastor seguiu o conselho do religioso. Sentou-se e fez parte da refeição, enquanto ia contando acerca de sua rústica vida nos ermos campos juntamente com o rebanho que pastoreava. Como Dom Quixote, sentado ao seu lado, começasse a falar um palavrório ininteligível, o rapaz perguntou ao cônego:

– Quem é este sujeito de tão estranha figura? Que língua está falando que não entendo patavina do que diz?

– Quem há de ser – replicou o barbeiro – senão o famoso Dom Quixote de la Mancha, vingador de ofensas, amparo das donzelas, assombro dos gigantes, vencedor de todas as batalhas?...

– Não tem jeito disso... – disse o pastor, olhando com pouco-caso para nosso cavaleiro. – A mim me parece que o senhor se engana. Esse tipo tem mais jeito de quem não funciona muito bem.

– Quem não funciona bem da cabeça é vossa mãe! – berrou-lhe furioso Dom Quixote. – Se ela tivesse um mínimo de juízo não teria posto no mundo tamanho asno.

E dizendo isso, saltou sobre o pastor, que, não tendo outro remédio, reagiu às pancadas. Felizmente, logo após os primeiros sopapos, ouviu-se o som agudo e claro de uma trombeta. Como por um passe de mágica, Dom Quixote interrompeu a luta e levantou-se:

– Peço-vos, meu caro demônio, que façais uma trégua! – rogou ao pastor o Cavaleiro da Triste Figura. – Pelo dolorido som daquela trombeta, acredito que se avizinha nova e emocionante aventura. Não posso perder tempo com um simples demônio como vós.

E ficou atento, esperando os acontecimentos que vinham ao seu encontro.

Uma procissão muito estranha e suspeita

Havia bastante tempo que não chovia na região. O trigo, o centeio, a cevada e tantas outras culturas necessitavam urgentemente de água ou toda a safra estaria perdida. Os camponeses, muito religiosos, apelavam aos céus para que Deus, em sua infinita misericórdia, abrisse as torneiras das nuvens e regasse suas plantações. Para tanto, faziam novenas, orações, promessas e procissões. Acontece que as trombetas que tinham alertado os ouvidos de Dom Quixote faziam parte de uma procissão dos camponeses que iam até uma capela oferecer suas orações ao bom Deus. Era um pedido de chuvas, mas, para a imaginação alvoroçada de nosso herói, já pareceu mais uma aventura que se apresentava, esquecido ele mesmo de já ter, muitas vezes, participado desses atos religiosos. Antes que alguém pudesse impedi-lo, passou a mão em sua espada e correu até onde estava seu fiel Rocinante. De um salto, pôs-se a cavalo e galopou em direção aos penitentes. Em vão, Sancho Pança gritou e apelou para que seu amo tomasse juízo. Dom Quixote, dando de rédeas, ia declamando suas justificadas razões para o ataque.

– Vereis agora quanto vale um cavaleiro andante que tem, acima de qualquer outro objetivo, a defesa das belas e infelizes donzelas aprisionadas por bandidos e gigantes. Haverei de libertá-las de seus algozes.

Enquanto isso Sancho gritava:

– Aonde ides, meu senhor? Mas será possível que agora Vossa Mercê ataque até mesmo uma inocente procissão? Não vê que são católicos como nós? Vossa Mercê está praticando uma heresia.

Inutilmente gritou e rogou o pobre Sancho. Já o Cavaleiro da Triste Figura alcançava os penitentes, interrompendo-lhes o passo:

– Alto, em nome da cavalaria! – gritou-lhes. – Sei que levais aí, presa e oculta, uma bela e infeliz princesa. Eu, que nasci com a missão de cobrar os agravos, intimo-vos a não dar mais um passo antes de libertá-la!

Os camponeses não estavam para brincadeiras. Bastava-lhes a estiagem, que punha todos os nervos tensos, e ainda tinham de aturar as loucuras de um desconhecido. Um deles, empunhando um bastão de bom porte, saiu da procissão e avançou contra Dom Quixote. Este, furioso por não ser obedecido, desembainhou a espada e aplicou tremendo golpe, partindo o cajado do outro em três pedaços. Mas o homem, com o toco que lhe restou na mão, aplicou-lhe tão violenta paulada no ombro direito que o derrubou do cavalo. Sancho Pança gritava, tentando salvar o fidalgo, mas o surrador só parou quando ele já não se movia. Acreditando ter matado o cavaleiro, o agressor atirou o pau longe e saiu correndo pelo campo.

Sancho Pança, certo de que seu amo estava morto, atirou-se sobre o "cadáver" e rompeu no mais sentido e comovente choro. Nisso se recobrou o ferido, dizendo:

– Quem longe de sua amada vive está sujeito a muitas misérias, meu caro Sancho. Ajuda-me a voltar para o carro encantado, onde deverei prosseguir preso e humilhado, conforme o desejo dos terríveis bruxos.

Assim, já conformado com sua sorte, o cavaleiro andante enfiou-se docilmente na jaula e deixou-se levar para casa.

Retorno a casa e o período de convalescença de Dom Quixote

Depois de chegar, naquela situação inadequada para um verdadeiro fidalgo e provocando enorme alvoroço, não só em sua casa, como em toda a aldeia, Dom Quixote foi submetido a carinhoso tratamento. Tanto o cura quanto o barbeiro fizeram muitas e detalhadas recomendações à ama e à sobrinha, no sentido de recuperar o alquebrado corpo de nosso conhecido herói.

Quanto a Sancho Pança, assim que chegou a casa foi recebido por uma mulher furiosa e cheia de ressentimentos.

– Então – perguntou ainda antes que o pobre pudesse entrar –, como te saíram as tais escuderias? Quanto de tecido trazes para meus vestidos? E quantos pares de sapatos para teus filhos?

– Não trago nada disso, minha cara – respondeu-lhe Sancho –, embora te afirme que trago boas notícias.

– Boas notícias não enchem as panelas, nem vestem os filhos, nem pagam dívidas.

O que tinha o marido de sonhador, tinha a mulher de prática.

– Vais ver, ao final, que tenho razão. Deus queira que possa eu sair novamente atrás de aventuras. Logo serei conde ou governador de uma ilha... e não dessas ilhazinhas que existem por aí, mas sim uma como mereço.

– Que diabo é isso de ilha? – perguntou, já interessada, a mulher.

– No devido tempo verás... Só te digo que não é mel para a boca de qualquer um.

Aguçando a cobiça da mulher, Sancho Pança livrou-se de maiores discussões.

Passou-se um mês de calma e sem qualquer acontecimento que pudesse causar a menor preocupação aos parentes e amigos de nossos aventureiros. Um dia, o barbeiro e o cura quiseram verificar se, finalmente, Dom Quixote estava curado de suas manias cavaleirescas.

Visitando-o, passaram horas conversando sobre os mais variados assuntos sem que notassem qualquer sinal de distúrbio mental no antigo cavaleiro andante. A fim de fazer o teste final e definitivo, o cura informou-o, como se fosse um assunto de pouca importância:

– As últimas notícias da corte nos informam que se aproxima poderosa esquadra turca. Sua Majestade estava reforçando todas as defesas da costa e convocando seus melhores guerreiros para lutar pela pátria ameaçada.

– Sua Majestade foi muito prudente! – sentenciou Dom Quixote. – Acredito, porém, que lhe falta tomar uma última providência. Pena que ele não me tenha pedido conselhos.

– E que conselhos daria Vossa Mercê ao rei? – perguntou o cura, já completamente desconsolado e pensando: "Nosso fidalgo está irremediavelmente perdido para o bom senso deste mundo".

– Melhor não dizer nada. Ainda que confie em meus prezados amigos, devo ter a prudência de não revelar o segredo – disse o cavaleiro com misteriosos olhares em volta. – A coisa se espalha, alguém mais esperto fala com o rei e eu perco as glórias ...

– Fiz um juramento de nunca revelar segredos! – afirmou o cura. – Isso faz parte de minha profissão.

– É justo – assentiu o fidalgo. – Meu conselho seria que o rei convocasse todos os cavaleiros andantes que vagam pela Espanha. Meia dúzia deles seria o suficiente para pôr a pique toda a esquadra turca.

– Ai, meu Deus! – suspirou a sobrinha. – Esse não tem mais cura!

Ouvindo alguém bater à porta, sobrinha e ama foram atender. Logo se ouviu uma acalorada discussão, entremeada de ríspidas exclamações. Era Sancho Pança que insistia em ver seu amo. As mulheres impediam, acusando-o de muito ter contribuído para as loucuras do fidalgo.

– Eu é que quase enlouqueço com suas ordens – reclamou o gorducho. – Tirou-me de casa, depois de me encher a cabeça com as histórias da tal cavalaria. Prometeu-me uma ilha da qual até agora não senti nem o cheiro.

– E o que é uma ilha? – interrogou a sobrinha. – É algo que se coma, seu glutão?

– Nada disso. É algo que se governa.

Dom Quixote, que havia apurado o ouvido, e temeroso de que seu escudeiro praticasse alguma indiscrição, ordenou que o deixassem entrar.

O barbeiro, que assistira à discussão sem interferir, assim que viu entrar Sancho Pança, voltou-se para o cura e falou, desconsoladamente:

– Antes do que imaginamos, nosso fidalgo sai outra vez a praticar suas loucuras.

– Disso não duvido. O que mais me maravilha não é a loucura de Dom Quixote, e sim a simplicidade de seu escudeiro – observou o cura. – Esse infeliz acreditou mesmo que receberá uma ilha e está disposto a tudo fazer para isso.

A sós com seu criado, Dom Quixote perguntou-lhe o que diziam dele na aldeia.

– Essa gente tem Vossa Mercê como um grandíssimo louco e a mim por estúpido. Ontem chegou um estudante de Salamanca e contou que estão vendendo por lá um livro que conta vossa história. Disse ele que estou também metido no tal livro com meu próprio nome. *O engenhoso fidalgo Dom Quixote de la Mancha* é o nome do livro... Até mesmo a senhora Dulcineia de Toboso está metida na história...

– Asseguro-te, Sancho, que o autor desse livro deve ser um sábio feiticeiro, e desse tipo de indivíduo não se pode esconder nada. Gostaria de falar com esse estudante para que me contasse melhor toda essa confusão.

Dom Quixote teria seu desejo realizado, pois o destino haveria de colocá-los frente a frente dentro de pouco tempo.

Dom Quixote parte em busca de sua Dulcineia

Na terceira visita de Sancho Pança ao fidalgo, foi acertado o dia da nova partida. Estava tudo pronto e só faltava determinar a ocasião mais propícia. Depois de ter aplacado as iras e as angústias da ama e de sua sobrinha, Dom Quixote preparou os alforjes, encilhou Rocinante e, seguido por seu escudeiro – que havia convencido a mulher a deixá-lo ir – partiram em busca de novas aventuras.

Dom Quixote, desta feita, resolveu seguir em direção à cidade de Toboso, onde pretendia ver sua amada Dulcineia. Seguiram, portanto, a trote naquela direção. Tanto Rocinante quanto o jumento de Sancho, talvez felizes por saírem da imobilidade dos currais, iniciaram um alegre concerto de relinchos. O fidalgo achou que essa manifestação era de bom augúrio. Por esse motivo, foram andando ainda mais felizes pela estrada.

Depois de dois dias de viagem, divisaram a cidade de Toboso, alegrando-se Dom Quixote e entristecendo-se seu criado, pois este antevia novas complicações.

Era mais ou menos meia-noite quando entraram na cidade. O silêncio, volta e meia cortado pelo ladrar de um cão, os orneios de um asno ou os miados agudos de um gato, mostrava uma cidade adormecida.

– Sancho, meu fiel amigo, leva-me até o palácio de Dulcineia. Talvez a encontremos acordada, apesar de a noite ir adiantada.

Mas o escudeiro, que não tinha a mínima ideia de onde poderiam encontrar a mulher, convenceu o fidalgo de que aquela hora era imprópria para visitar uma dama.

Além disso, na escuridão, seria quase impossível encontrar o castelo. Melhor que passassem o resto da noite num bosque vizinho. Dom Quixote achou prudente o conselho do criado. Num mato próximo da cidade, esperaram o amanhecer. Sancho Pança dormindo como bom cristão. Dom Quixote velando e aguardando a hora de render-se aos pés de sua amada.

De madrugada, encilharam os animais e retornaram à cidade. Sancho Pança, muito nervoso, pois, já certo de que seu senhor era doido varrido, consultava o cérebro para encontrar uma saída para o problema. O gordo sabia que Dulcineia era uma pobre criada que vivia em uma casa tão humilde que mais parecia uma choça. Seu nome também não era esse, e sim Aldonça Lourenço, e não passava de uma rechonchuda e ignorante plebeia. Portanto, seria dura a tarefa de levar seu cavaleiro ao castelo e à princesa. Afinal, depois de muito argumentar, convenceu Dom Quixote de que era melhor ele, Sancho, ir como embaixador até o castelo e dar contas da presença do Cavaleiro da Triste Figura.

– Vai, meu fiel escudeiro – disse o fidalgo. – Terás a maior felicidade reservada aos que servem os senhores da cavalaria, pois serás meu embaixador diante da senhora de meu destino.

Sancho Pança montou em seu jumento e seguiu pela estrada em direção a Toboso, mas tão logo se viu oculto das vistas do cavaleiro, embarafustou-se por entre um arvoredo à margem do caminho, desmontou e estendeu-se à sombra. Ali passou quase todo o dia, às vezes dormindo, outras imaginando qual a desculpa que daria quando "retornasse" de sua missão. Entardecia, quando ouviu um tropel vindo da direção de Toboso. Eram três camponesas que vinham das compras, montadas em pequenos burricos. Numa súbita resolução, Sancho Pança montou e galopou até onde ficara seu amo. Encontrou-o montado no Rocinante – assim ficara desde a manhã, como mandam as regras da cavalaria –, com os pés firmes nos estribos e apoiado em sua comprida lança.

– Que boas novas me trazes, amigo? – perguntou ansioso o cavaleiro.

– Não só novas vos trago, como também vossa senhora, Dulcineia de Toboso, aproxima-se juntamente com duas criadas – informou o escudeiro com a cara mais deslavada do mundo.

Ambos galoparam para o meio do caminho e ficaram à espera das senhoras que se aproximavam ao trote dos burricos. Quando as três camponesas toparam com os estranhos cavaleiros a impedir-lhes o caminho, uma das mais despachadas falou rispidamente:

– Afastem-se do caminho e deixem-nos passar. Estamos com pressa.

– Olhe, dona princesa de Toboso – apressou-se a saudar Sancho Pança. – Este senhor aqui é meu patrão, Dom Quixote de la Mancha, que pertence à cavalaria andante, que, por ser andante, não pode perder tempo em conversa fiada.

– Estão querendo se divertir às nossas custas, seus palermas? – rosnou outra camponesa, mal-humorada.

Dom Quixote, que, por maior esforço que fizesse, não conseguia ver mais que três rotundas camponesas, adiantou-se e falou:

– Deixa-as passar, meu fiel escudeiro. Mais uma vez fui traído pela má sorte. Meu único consolo é tua fidelidade, pois não fosse ela e já estaria vencido pela crueldade de meus inimigos. O cruel feiticeiro mais uma vez golpeia a parte mais frágil de minha couraça...

– Como assim? – indagou Sancho Pança, com cara inocente.

– Então não vês que minha formosa Dulcineia e suas gentis criadas foram transformadas em três grosseiras camponesas? Não vês que seus briosos corcéis agora não passam de asnos? Que suas roupas tecidas em ouro não são mais que rústicas peças de algodão?... – Dom Quixote bateu com a lança no chão furiosamente. – Fui, ainda desta vez, mortalmente golpeado por meu terrível inimigo.

As camponesas, já impacientes, trataram de prosseguir caminho, depois de gritar alguns desaforos impublicáveis contra os dois.

Dom Quixote, vendo-as na estrada, voltou-se para seu escudeiro, que mal podia conter o riso:

– Sou o mais desgraçado dos cavaleiros andantes que já vagaram por terras espanholas, meu caro! Quando, por fim, consigo pôr os olhos sobre minha bela amada, os malvados e vingativos feiticeiros tiram-me a glória de vê-la como realmente é, transformando-a em uma ignorante camponesa. Pobre de mim...

Sancho Pança achou melhor não fazer comentários. Tudo saíra melhor que o previsto. Convinha não pôr as coisas a perder agora.

– É tão insidioso esse feiticeiro que deve ter também me transformado aos olhos dela. Com certeza pôs-me magro, feio, malvestido e montado num pangaré imprestável.

A tropa comandada pelo Demônio

Tristes, frustrados e sem qualquer plano imediato, cavalgaram os dois, agora afastando-se da cidade que tão rudemente havia golpeado nosso sonhador cavaleiro.

Dom Quixote ia pensativo, imaginando um jeito de desfazer o encanto que transformara sua formosa Dulcineia em uma aldeã feia e rude. Muito andaram sem que o fidalgo dissesse uma única palavra. Somente doloridos e profundos suspiros faziam tremer seu magro corpo. Por fim, Sancho Pança não aguentou tanto silêncio:

– Sabe, patrão, tristeza não põe mesa. O senhor tem que deixar essa cara de enterro e lembrar que tem muita coisa a fazer. Afinal, Vossa Mercê é ou não é um cavaleiro andante?

– Cala-te, Sancho. Minhas tristezas não são coisas vulgares, e sim a revolta contra a inveja e a maldade desses astuciosos inimigos. Agora só espero que o encantamento não tire de Dulcineia as lembranças de seu cavaleiro. Seria uma terrível provação encontrá-la um dia e não ser reconhecido.

– Isso não há de acontecer, meu senhor. Vossa força acabará por anular todos os encantamentos, por mais fortes que sejam. Não é agora que haveremos de desistir.

– Assim espero!... Assim espero!... – afirmou o fidalgo sem muita convicção. – Mesmo porque minha lança...

Não pôde terminar o que dizia. Numa curva do caminho encontraram a mais absurda caravana que poderiam – mesmo os seus cérebros vulneráveis – imaginar. Na frente vinha uma carreta descoberta conduzida por um feio demônio. Ao lado, a Morte, e junto desta um anjo com grandes asas brancas. Na porta traseira do veículo vinha o deus Cupido, com seu arco e uma porção de flechas.

Dom Quixote avançou valentemente contra a estranha aparição:

– Carreteiro, cocheiro ou que diabos sois, apresentai-vos antes que minha lança desfaça tão fantástica miragem! – gritou, postando-se diante da carreta.

– Senhor, somos comediantes e vamos a Toboso para dar um espetáculo. Se quiserdes saber mais alguma coisa, perguntai, pois ao Demônio tudo é lícito saber.

– Pela minha fé de cavaleiro! – exclamou Dom Quixote. – Quando vi essa absurda procissão, acreditei topar com uma fantástica aventura. Podeis seguir em paz vosso caminho.

Mas parece que, quando nosso herói resolvia ser cordato, sempre acontecia alguma coisa que precipitava os acontecimentos.

Assim que Dom Quixote e Sancho se afastaram, dando caminho aos viajantes, aproximou-se uma personagem com espalhafatosa vestimenta carregada de pequenos guizos que agitava, provocando atordoante barulheira. Na mão trazia um pau, cheio de fitas coloridas e mais guizos. O jumento de Sancho Pança assustou-se com aquela estranha figura e pinoteou, fugindo a galope. O escudeiro enraiveceu-se e gritou:

– Patrão, o diabo está roubando meu jumento!

– Não te preocupes. Haveremos de cobrar essa ofensa e tomar-lhes tantas coisas que paguem dez jumentos.

E dizendo isso, saiu em perseguição dos cômicos. Tão logo alcançou a carreta, obrigou-a a parar, gritando com os viajantes. Mas antes que o nosso herói pudesse completar o ataque, vieram-lhe em cima a Morte, o Demônio, o Anjo e o deus Cupido, armados de pedras e postados em decidida atitude de defesa. Dom Quixote viu que a coisa ali não seria fácil. Deteve seu cavalo e ficou pensando qual a melhor maneira de resolver o caso. Por fim, ponderou:

– Não posso cruzar armas com quem não foi sagrado cavaleiro. Isso desonraria tanto meu título quanto toda a nobre cavalaria andante. – E virando-se para Sancho Pança: – Toca a ti, meu escudeiro, o direito da vingança... se quiseres tomá-la. Afinal de contas, o agravo foi praticado contra teu jumento e somente tu tens o direito ao desagravo. A única coisa que posso fazer é instruir-te com meus conselhos e salutares advertências.

– Nada disso, meu amo – respondeu Sancho, vendo o alcance da empreitada. – Vede, lá vem de volta meu burro. Não há por que brigar contra essa gente. Meu lema sempre foi perdoar as ofensas e tudo fazer para viver o mais pacificamente possível.

Com efeito, logo que o jumento de Sancho se viu livre da barulheira dos guizos, entrou na pastagem à margem da estrada e lá, mui tranquilamente, foi enchendo o bucho.

– Se esse é teu desejo, meu discreto cristão e sincero amigo, deixemos em paz essa malta e prossigamos em busca de mais nobres afazeres.

E seguiram conforme a vontade dos dois e prudência de todos.

Dom Quixote desmascara um falso cavaleiro

Sentados debaixo de acolhedora sombra, estavam nossos dois amigos, comendo o pouco que ainda restava no bornal de Sancho Pança. Felizes com o desfecho favorável da última aventura, planejavam encontrar alguma coisa mais à altura de tão nobres lutadores para realizar. Finalmente, depois de comer e muito falar, deitaram-se para um justificado descanso. Como de costume, em poucos minutos Sancho já roncava, indiferente aos reveses passados ou futuros. Dom Quixote, que tinha o sono leve e agitado, próprio dos cavaleiros eternamente vigilantes, logo foi alertado para um ruído insistente que se vinha aproximando. Chegaram dois cavaleiros e pediram permissão para apear. Dom Quixote consentiu, observando atentamente os recém-chegados. Vinham muito bem armados e nosso fidalgo identificou-os como cavaleiros andantes. Prudentemente, acordou Sancho Pança. Os dois estranhos instalaram-se um pouco distantes, indiferentes à curiosidade que despertavam.

Logo um deles dedilhou uma guitarra e começou a cantar. Tinha uma voz sem grande beleza, mas que punha muita emoção em cada verso.

– É um cavaleiro andante e está perdidamente apaixonado! – afirmou Dom Quixote. – Sofre as mesmas penas que eu, mas isso não me pode comover, se ele quiser cruzar armas comigo.

Nisso, ouviram a voz do cavaleiro que, num lamento nostálgico, chorava suas dores.

– Ai, formosa e ingrata mulher! Como consentes que me consuma de amor enquanto peregrino por ásperos caminhos? Não basta que tenhas obrigado a todos os cavaleiros de Navarra a te prestar vassalagem? E aos de Castela? E finalmente a todos os cavaleiros da Mancha?

– Essa não! Eu, que sou um cavaleiro da Mancha, nunca prestei obediência a ninguém!

O estranho, ouvindo as palavras de Dom Quixote, aproximou-se:

– Quem sois? – perguntou ao chegar.

– Sou, como vós, um cavaleiro andante. Este é meu escudeiro – respondeu o fidalgo altivamente.

– Essa é a pura verdade! – confirmou Sancho Pança.

– Nunca vi um escudeiro poder falar ao mesmo tempo em que fala seu amo. O meu jamais se atreveria a tanto.

E fez um gesto para que seu criado se aproximasse. Este andou de cabeça baixa e, com outro gesto, convidou Sancho Pança a se afastar dos cavaleiros.

E assim, de um lado os criados e de outro os senhores, a reunião continuou, cada um defendendo com maior ardor seus feitos de guerra e gentis aventuras amorosas. Claro que, durante todas essas horas passadas juntos, foram consumindo o estoque de vinho que traziam os recém-vindos. O Cavaleiro do Bosque – assim resolveu chamá-lo Dom Quixote à falta de melhor nome – foi breve e conciso em sua história.

– E, para finalizar, meu ilustre cavaleiro, apaixonado que sou e sempre fui pela incomparável Cacilda de Valdalia, resolvi sair pelo mundo a praticar grandes feitos e me fazer digno de seu amor. Venci, em combate singular, muitos cavaleiros famosos. O que mais me causou prazer e honras foi ter vencido, num único e incomparável combate, o mais valoroso de todos os cavaleiros: Dom Quixote de la Mancha.

Dom Quixote deu um pulo do assento:

– Que Vossa Mercê tenha vencido os melhores cavaleiros da Espanha e talvez de todo o mundo, não digo nada. Mas que tenha vencido Dom Quixote de la Mancha, isso duvido. Pode até ser que outro lhe tenha tomado o lugar e o nome... ainda que neste mundo muito poucos se pareçam com ele.

– Como não? Pelos céus que nos cobrem que vos afirmo a verdade! Lutei com Dom Quixote e o venci – respondeu o outro cavaleiro, muito seguro do que dizia.

– Não é verdade, meu bom cavaleiro – retrucou Dom Quixote com toda a calma. – Sabeis agora, para vossa glória ou infortúnio, que tendes diante de vós, aqui e neste momento, o cavaleiro mais destemido das terras de Espanha e outras mais longínquas. Eu sou o cavaleiro que afirmais ter vencido e juro, pela minha honra, jamais ter cruzado armas com vossa ilustre figura.

O Cavaleiro do Bosque não perdeu a calma nem se alterou. Com toda a altivez que deve fazer parte da estatura de um verdadeiro seguidor da cavalaria, falou:

– Não sei por quais ocultas práticas estou agora diante do verdadeiro Dom Quixote... se não era verdadeiro aquele a quem venci. Por isso, nos melhores procedimentos da ordem, esperemos que surja o dia e, conforme determina nossa honra, decidiremos pelas armas quem mente e quem diz a verdade.

– Esta é uma digna condição que aceito e que, espero, resolva nossa dúvida – confirmou o fidalgo.

E dizendo isso, cada um foi até seu escudeiro, dando conta do que havia sido acertado e ordenando que tomassem as providências para o combate que seria travado na madrugada seguinte.

Mal amanheceu e os dois contendores já estavam a postos, de lanças em riste, prontos para o mortal combate. De um lado o Cavaleiro do Bosque, experimentando a mobilidade da lança, e do outro, Dom Quixote de la Mancha, acertando as rédeas e os estribos do Rocinante. Ajudados pelos dois escudeiros, os contendores faziam o possível para que nada falhasse no momento decisivo.

O Cavaleiro do Bosque – cuja montaria era tão ruim ou pior que o pobre Rocinante – fincou as esporas no cavalo e arremeteu. Nem bem vencera os primeiros dez metros e o bicho empacou. Negou-se a andar e começou a girar sobre si mesmo, como uma mula teimosa. Dom Quixote não teve dúvidas em aproveitar a oportunidade. Num lance mais eficiente, alcançou o inimigo e deu-lhe um golpe de lança tão violento que o atirou longe. Antes que o outro pudesse reagir, apeou e, já com a espada na mão, colocou o pé sobre o peito do vencido, sentenciando:

– Rendei-vos, nobre inimigo, ou serei forçado a sacrificar-vos como arremate deste furioso combate.

O fiel escudeiro inclinou-se sobre o cavaleiro caído e arrancou-lhe o elmo. Não pôde deixar de dar um grito de admiração. Quem ali estava caído era o estudante Sansão Carrasco – o mesmo que havia vindo de Salamanca, contando do livro que circulava sobre as aventuras de Dom Quixote e Sancho Pança.

– Então sois vós o Cavaleiro do Bosque? – rugiu Dom Quixote. – Tendes agora, como vencido, que ir até Toboso e lá vos confessar diante da senhora Dulcineia. Diante dela direis que vos mando eu, o invencível Cavaleiro da Triste Figura, e que na única e derradeira vez que mantivestes combate comigo fostes vencido. Se assim não procederdes, sereis sacrificado aqui e agora.

– Juro-vos que assim farei, Dom Quixote – disse o vencido. – Agora deixai-me levantar que irei ter com a senhora Dulcineia de Toboso, conforme ordenais.

E desta forma, depois de tão gloriosa batalha, encetaram o caminho de Saragoça Dom Quixote, o cavaleiro invencível, e Sancho Pança, seu fiel escudeiro.

Uma justa explicação antes do encontro com os leões

Nada seria mais estranho que encontrar o estudante Sansão Carrasco naquelas paragens oferecendo combate a Dom Quixote. Tudo, porém, tinha uma explicação. Acontecera, com a partida do fidalgo – levando junto Sancho Pança –, uma febril agitação entre seus amigos. Tudo parecia perdido, como perdido estava nosso Dom Quixote. Foi aí que o jovem estudante propusera uma não muito louca solução. Sairia ele também como cavaleiro, levando junto um vizinho que faria as vezes de escudeiro e, encontrando nosso herói, haveria de vencê-lo em combate. Vencido, exigiria, pela sua honra de cavaleiro, que abandonasse as armas e voltasse para o convívio do lar. O plano era bom e tinha tudo para dar certo. O único senão foi que não contaram com a possibilidade de Carrasco sair vencido do embate. Isso era uma coisa tão remota que ninguém a levara em conta. Como seria possível um velho, magro e ferido, vencer um jovem e forte cavaleiro?

Mas acontecera, e nosso herói conquistava dessa forma o passaporte para novas aventuras.

Fracassado tão nobre intento, voltou nosso estudante para a Mancha, levando junto seu improvisado escudeiro e a certeza de que Dom Quixote não se deixaria abater na nobre lida da cavalaria.

Com Dom Quixote ficou a glória de ter vencido um famoso cavaleiro – pois jamais acreditou que o estudante fosse ele mesmo, e sim algum fruto de um encantamento. Com Sancho Pança ficou o capacete do vencido, uma pobre mas sugestiva presa de guerra.

Portanto, seguiam agora nossos dois amigos extremamente felizes e orgulhosos da portentosa vitória obtida contra o Cavaleiro do Bosque.

Dom Quixote esqueceu a enorme quantia de pauladas que já havia recebido a crédito de suas andanças. Sua preocupação maior era encontrar uma forma de desencantar a bela Dulcineia, presa nas malhas de horrorosos feitiços. Envoltos em suas meditações, não perceberam que estavam sendo alcançados por um cavaleiro que vinha na mesma direção, mas em marcha um tanto mais rápida.

Era um fidalgo muito bem vestido, montado em magnífico cavalo. Quando o viajante alcançou nossa dupla, cumprimentou-a mui cortesmente e propôs-se a seguir caminho, quando Dom Quixote o interpelou:

– Senhor, se vossa rota é a mesma que a nossa e não vos importais, gostaríamos de prosseguir em vossa companhia.

O homem voltou-se e ficou incrivelmente admirado com a figura que via à sua frente. Além dela, ainda ali estava Sancho Pança para completar um quadro completamente original aos olhos do viajante.

Dom Quixote, por sua vez, também olhava com grande interesse aquele homem de porte altivo, cabelos levemente grisalhos, olhar claro e maneiras educadas.

– Concedei-me a graça das apresentações – disse Dom Quixote, interrompendo o silêncio já prolongado. – Este cavaleiro que tendes a honra de admirar é um nobre representante da estirpe dos cavaleiros andantes. Minha missão é ressuscitar a já morta cavalaria. Faz muitos dias ando nesse intento... caindo aqui, levantando acolá, socorrendo viúvas, amparando donzelas, órfãos e desvalidos. Sou, para que Vossa Mercê não pense tratar com um mero passante, o mui altivo Dom Quixote de la Mancha, também conhecido como o Cavaleiro da Triste

Figura. Hoje meus feitos são cantados por todas as partes da Espanha e do mundo, inclusive em livros que correm pelas feiras e palácios...

O viajante notou logo estar tratando com alguém que não tinha o juízo perfeito.

– É muito bom – disse – que ainda existam homens que se proponham a reanimar as armas da cavalaria. As injustiças do mundo têm que ser vingadas e resgatadas... ou nossa civilização estará perdida. Sou, para que fique Vossa Senhoria sabendo, pessoa honesta, um fidalgo, e meu nome é Dom Diego de Miranda. Vivo não muito distante daqui com minha mulher e meus filhos.

Satisfeitos com as devidas apresentações, seguiram todos pelo mesmo caminho em animada conversação. Sancho Pança, relegando sua verdadeira posição de escudeiro, aproveitou a folga para conversar com alguns camponeses que encontraram. Logo o gorducho, com muita astúcia e maneirice, conseguiu que os humildes colonos lhe oferecessem uma boa quantia de requeijão. Sancho, na falta de uma vasilha, colocou o requeijão dentro do capacete conquistado ao Cavaleiro do Bosque e, comendo bons bocados da guloseima, tornou a alcançar os dois fidalgos.

Nesse momento apareceu, bem à frente, uma carreta coberta por um grande pano e encimada por várias bandeiras.

Dom Quixote, vendo aquilo, chamou seu escudeiro e pediu-lhe o capacete. Antes que Sancho Pança pudesse dar outro destino ao requeijão, o fidalgo agarrou o elmo e meteu-o na cabeça.

– Ali nos chega mais uma aventura – disse Dom Quixote. – Haverei de descobrir se não existe alguma linda donzela prisioneira ou um injustiçado necessitando de auxílio.

E, antes que fosse impedido, galopou em direção à carreta. Sancho Pança, desesperado com a perda do requeijão, seguiu-o no trotear deselegante do jumento. Ficando para trás, o fidalgo observava a cena entre preocupado e divertido.

– Para ondes ides, senhores? – perguntou Dom Quixote. – Que bandeiras são essas e o que levais oculto nessa carroça?

O carreteiro lhe respondeu:

– A carreta é minha. Levo dois leões africanos que foram presenteados ao nosso rei. As bandeiras são símbolos reais... sinal de que aqui vai algo que pertence ao rei.

Nisso, com o calor e os movimentos, o soro do requeijão começou a escorrer pela cara e pelas barbas de Dom Quixote. Este alarmou-se:

– Que me acontece, Sancho? Parece-me que se derreteram meus miolos. Ou será isso suor que me escorre da cabeça?

Sancho Pança, que não tinha vontade nenhuma de brigar com o patrão, respondeu reticente:

– Talvez seja pelo temor dos leões... O medo sempre causa muito suor...

Tais palavras enfureceram o fidalgo.

– Não tenho medo de nada nem de ninguém e muito menos de dois leões que não passam de fracos gatinhos... Vamos, abri vós a jaula e vereis quem é o Cavaleiro da Triste Figura!

E, saltando do cavalo – pois temeu que este se assustasse diante das feras –, empunhou a espada, pronto para o combate.

O carreteiro tentou dissuadir nosso herói, mas, à força de tantos gritos e insultos, encolheu os ombros e achou melhor que as feras acabassem logo com o cavaleiro, para que pudesse prosseguir viagem.

– Vou abrir, mas fique sabendo que corre tudo por sua conta.

Descobrindo a jaula, onde apareceram os dois enormes leões, fez menção de levantar a porta dando liberdade às feras.

Todo mundo que observava a cena tratou de se pôr a uma prudente distância. O tamanho dos leões não encorajava ninguém a enfrentá-los. Salvo nosso tresloucado cavaleiro, todo lambuzado de requeijão.

A jaula foi aberta. Os leões, mais generosos e comedidos que arrogantes, não ligaram para a bravata do provocador. Olharam quase com indiferença para o homem postado diante deles e, depois de um bocejo longo e tremido, voltaram a dormitar tranquilamente no fundo da jaula.

Os que observavam o desenrolar dos acontecimentos não puderam deixar de admirar a coragem daquele magro cavaleiro firmemente postado diante das feras.

– Que me matem se meu patrão não é o mais valente de todos os cavaleiros andantes do mundo! – exclamou Sancho Pança cheio de admiração.

Afinal, como os bichos não dessem sinal de aceitar o combate, a jaula foi novamente fechada. Ouviu-se um grito de justa homenagem ao valente.

Dom Quixote, não cabendo em si de orgulho e vaidade, tornou a montar em seu Rocinante e, com voz indiferente, como se tivesse feito a coisa mais corriqueira do mundo, ordenou ao escudeiro:

– Prepara tudo para seguirmos nosso caminho, meu fiel Sancho, e dá dois escudos de ouro a esse bom homem que perdeu seu tempo para nos atender.

– E de onde vou tirar dois escudos de ouro, meu senhor? – perguntou o escudeiro.

Indiferente, Dom Quixote afastou-se, galopando orgulhoso.

O justo e oportuno descanso de nosso herói

Depois de enfrentar e desprestigiar os leões, Dom Quixote de la Mancha foi convidado por Dom Diego de Miranda para um justo descanso em sua fazenda. O convite foi aceito imediatamente e logo estavam em uma casa muito grande – quase como um castelo –, construída em pedra bruta e rodeada de outras construções. Foram todos recebidos por Dona Cristina e Lourenço, esposa e filho de Dom Diego, que não puderam deixar de soltar admiradas exclamações ao verem a inusitada figura do cavaleiro andante.

Ao ilustre hóspede foi oferecido um banho morno em enorme tina instalada no quarto. Foi uma atitude providencial, pois nosso amigo estava coberto de poeira e soro do requeijão, o que lhe dava um aspecto deveras estranho.

Depois de banhado e com roupas limpas, Dom Quixote dirigiu-se para a sala, onde o esperava o jovem Lourenço, a fim de entretê-lo até a hora de servirem a mesa.

Depois de algumas frases protocolares, Dom Quixote perguntou ao jovem:

– O senhor seu pai me disse que tendes rara habilidade e muita sutileza de espírito, tanto que sois grande poeta. Não é verdade?

– Poeta talvez, senhor, mas grande, não. A verdade é que gosto muito de ler poesia e, às vezes, escrever algumas...

– Não me parece mal essa humildade – disse, satisfeito, Dom Quixote – porque não existe poeta que não seja arrogante e se considere o melhor do mundo. Depois do jantar, gostaria de ouvir alguns poemas, meu jovem amigo.

– Será um grande prazer... – respondeu o jovem, um tanto atordoado com a facilidade de expressão do visitante.

Sentenciou Dom Quixote:

– Outra vez sou surpreendido pelo vosso bom-senso. Acredito, pelo que sinto de vossa sensibilidade, que sois realmente um grande poeta. Não há nada mais importuno que certos poetas que, quando lhes rogam que recitem seus versos, não o fazem, mas quando não se quer ouvi-los, nos vomitam uma enxurrada de besteiras.

O rapaz não deixou de admirar o senso de equilíbrio do fidalgo. Era, realmente, uma pessoa muito interessante!

Quatro dias ficou Dom Quixote, regaladíssimo, hospedado na casa de Dom Diego. Depois disso, pediu licença para partir, alegando que aos cavaleiros andantes não era permitido entregar-se ao ócio, embora jamais tivesse recebido tão bom e gentil tratamento.

Dom Diego concordou, embora afirmasse que o fazia a contragosto, pois lhe era muito agradável ter o nobre fidalgo sob a proteção de seu teto. E era a mais absoluta verdade. Nos dias que ali passara, Dom Quixote soube cativar as simpatias de todos com suas maneiras educadas e sua fluência verbal.

E assim, com votos de sucesso em seus empreendimentos, partiram os dois, cavaleiro e escudeiro, em busca de novas e impressionantes aventuras.

Quando se descobre que a arte de zurrar pode provocar uma guerra

Não haviam andado muito, quando divisaram um homem que, a pé, conduzia uma mula carregada de lanças e espadas. O homem andava rapidamente, dando fortes lambadas nas ancas da mula quando ela diminuía o passo.

Dom Quixote, admirado com o proceder daquele indivíduo, obrigou-o a parar:

– Parai, meu bom homem. Aonde ides com tanta pressa e com tão invulgar carga?

– Não posso parar – respondeu o homem – porque as armas que conduzo vão ser usadas amanhã. Por isso tenho tanta pressa.

E de tal maneira incitou o animal de carga que logo sumiu numa curva do caminho.

Dom Quixote ficou com a curiosidade insatisfeita, mas não por muito tempo. Tão logo alcançaram uma estalagem à margem do caminho, viram a mesma mula amarrada defronte. Faltava pouco para anoitecer e nossos conhecidos aventureiros resolveram pernoitar ali. Nem bem haviam entrado, e já Dom Quixote perguntava ao estalajadeiro onde estava o condutor da mula com as armas. Ficou sabendo que o homem estava na estrebaria ajeitando um lugar onde descansar. Dom Quixote saiu em busca do estranho, resolvido a descobrir a causa de tantas armas e tanta pressa.

– Não penseis que sou curioso ou pretendo me meter em vossa vida – disse o fidalgo assim que encontrou o outro. – Mas me parece muito estranha essa carga e mais estranha ainda vossa afobação. Podeis confiar em mim que só quero auxiliar-vos.

O viajante achou que não havia por que não contar seus problemas, já que aquele estranho não lhe parecia perigoso.

– Acontece que de minha aldeia sumiu, certo dia, um burro de propriedade de um regedor. Por mais que procurassem, não encontraram o bicho. Depois de quinze dias, já quase sem esperanças de encontrá-lo, outro regedor da mesma aldeia sugeriu que procurassem numa floresta próxima. Era o único e último lugar onde poderia estar o fujão. Achando a ideia boa, saíram os dois e meteram-se na mata. Depois de muito andar e muito procurar, sentaram-se à margem de um regato para um breve descanso. Logo, o mesmo regedor que sugerira aquela busca teve nova e brilhante ideia: "Uma forma infalível de encontrar esse bicho é nos separarmos. Eu sigo para um lado e tu para o outro. Haveremos de zurrar como fazem os burros. Naturalmente, se ele nos ouvir, há de responder". Não havia por que não tentar. Saiu um para cada lado. Rodearam toda a floresta trocando zurros e mais zurros sem que aparecesse o burro. Não poderia mesmo, pois já fazia dez dias que o bicho havia sido devorado pelos lobos.

Tudo ficaria por isso mesmo, não fosse o pessoal da aldeia vizinha ficar sabendo do concerto de relinchos. Foi uma farra. Toda vez que alguém da aldeia de lá encontrava alguém da aldeia da cá, iniciava um bombardeio de zurros à guisa de saudação. A coisa chegou a tal ponto que a única solução seria declarar guerra. Por isso o homem fora comprar armas para a batalha que se avizinhava.

Dom Quixote achou pequeno o motivo para tão grande guerra:

– Esse não é um motivo digno de uma guerra – disse. – Peço-vos para irdes até vossa aldeia, que pelo meu entendimento é a ofendida por ser a zurradora, e trazerdes aqui os dois vereadores, pois quero tratar com eles.

O homem foi e, passado pouco tempo, voltou com os dois representantes do povo. Diante deles e do portador das armas, fez uma preleção:

– Eu, meus senhores, sou um cavaleiro andante, cujo exercício é o das armas favorecendo os necessitados e acudindo os carentes de auxílio. Fiquei sabendo de vossos problemas e a causa que vos levou a comprar armas. Mas essa razão, a razão dos zurros, não é suficientemente grande para provocar uma guerra entre dois povos. Assim que estais obrigados, pelas leis humanas e divinas, a reconsiderar vossas intenções e a recuar desses propósitos.

Os três homens estavam visivelmente impressionados com a fala de Dom Quixote. Realmente, agora lhes parecia mesquinho o motivo de tantas armações guerreiras.

– Acho que Vossa Mercê tem razão – falou um dos vereadores. – Eu, que perdi o burro e sou o mais prejudicado, não vejo motivo para iniciarmos uma guerra. Acredito que esse também seja o pensamento de todos os de minha aldeia. Precisávamos de alguém que nos fizesse recobrar o juízo.

Foi aí que Sancho Pança, orgulhoso de seu amo, resolveu dar sua contribuição.

– Meu senhor Dom Quixote de la Mancha, que já se chamou o Cavaleiro da Triste Figura e agora também traz o título de Cavaleiro dos Leões, é um fidalgo muito culto que sabe latim como um advogado. Todos os seus conselhos são bons e devem ser seguidos. Não há razão nenhuma, como diz meu amo, para se começar uma guerra por causa de alguns relinchos. Eu mesmo, quando rapaz, zurrava melhor que muito burro de ciência e idade. Com isso, muitas vezes consegui reunir todos os burros da aldeia e nem por isso deixei de ser filho de meus honradíssimos pais. E, para mostrar-lhes que não minto, escutem só.

E logo, apertando as narinas com as pontas dos dedos, começou a zurrar com tanta força e tanta sonoridade que retumbou por todo o vale. A mula do carregador de armas, acreditando estar com um irmão asinino, abriu a goela e zurrou sincopadamente durante bons cinco minutos.

Foi a conta. Os vereadores e o dono da mula, acreditando que Sancho Pança estava zombando deles, avançaram furiosos. Um deles desceu um enorme varapau nas costelas do gorducho e o abateu como um saco de batatas. Dom Quixote tentou auxiliar o escudeiro, mas encontrou tão tremenda barreira de pauladas, socos e pedradas que achou melhor fazer uma retirada estratégica. Montou no Rocinante e saiu a galope, pedindo a Deus que não o alcançasse alguma bala de arcabuz.

Sancho Pança, depois de uma tremenda sova, foi posto sobre o lombo do jumento e solto na estrada.

Devido a um bom conselho, não saiu a guerra entre as aldeias, mas, por causa de uma melhor demonstração, Sancho Pança foi quem pagou a festa.

A famosa aventura do barco encantado

Depois de fugir dos zurradores, nossos heróis partiram em direção do rio Ebro. Sancho Pança ainda estava bastante agastado com seu amo por tê-lo deixado nas mãos dos vereadores.

– Que hora achaste para zurrar, meu caro Sancho! – disse Dom Quixote, tentando voltar às boas com o escudeiro.

– Não estou para conversas! – disse Sancho, visivelmente emburrado. – Parece que minha voz sai pelas costelas. Tenha eu zurrado ou não, o certo é que os cavaleiros andantes fogem e deixam seus bons escudeiros em poder dos inimigos.

– Não foge quem se retira! – respondeu Dom Quixote. – A valentia que não se fundamenta na prudência se chama temeridade. Eu confesso que me retirei, mas não fugi.

– Pode ser... Pode ser... O que eu sei com toda a certeza é que para ser burro só me falta o rabo – acrescentou, ainda ressentido.

– É a pura verdade, porque zurrar tu o fazes melhor que qualquer burro conhecido. Haja vista a mula do armeiro ter-te respondido com a mais absoluta certeza de que tratava com um de sua espécie.

E assim, trocando ideias e conhecimentos, alcançaram as cristalinas águas do rio Ebro. Cavalgando junto à margem, em direção a suas nascentes, logo avistaram um pequeno barco amarrado num tronco. Dom Quixote olhou para todos os lados e não viu ninguém. Ordenou então ao escudeiro que, depois de apeados, amarrasse bem os animais nuns troncos de umas árvores próximas. Sancho quis saber a razão dessa súbita atitude.

– Fica sabendo, Sancho, que este barco está me chamando para que entre nele e vá em socorro de alguém necessitado. Não deixarei de atender a tão grave apelo. Deus há de guiar nossos passos.

– Se Vossa Mercê quer assim, assim será. Mas esse barco não tem nada de encantado. Deve ser de algum pescador que o deixou aí – disse Sancho, conformado com as maluquices de seu amo.

Embarcaram os dois. Sancho cortou a corda que segurava o barco e este foi, aos poucos, se afastando da margem, levado ao sabor da corrente. Foi o barquinho deslizando rio abaixo, enquanto Dom Quixote rebuscava com os olhos as duas margens, procurando alguém em perigo para salvar. Haviam navegado alguns minutos, quando apareceu, logo abaixo, um grande moinho movido a água. A grande roda girava bem no meio do rio, lugar onde a corrente era mais forte.

– Vês, Sancho? – gritou Dom Quixote. – Ali está a cidade com sua fortaleza e inexpugnável castelo. Ali haveremos de encontrar um cavaleiro feito prisioneiro, ou uma rainha, ou talvez uma formosa princesa.

– Que diabo de fortaleza vê Vossa Mercê? – perguntou o escudeiro, já visivelmente alarmado com a velocidade do barco. – Aquilo lá é um moinho onde se mói o trigo!

– A ti parece assim porque não consegues ver além do encantamento. Mas eu tenho certeza do que digo. Logo verás.

O barco, agora numa velocidade pouco tranquilizadora, entrou na linha de água que levava diretamente à roda do moinho. Os moleiros, quando viram o barco sem comando, correram em socorro dos dois. Alguns vinham armados de longas varas, com a intenção de detê-lo antes que fosse de encontro às pás do moinho. Cobertos de farinha e agitando os braços para advertir nossos amigos, os moleiros apresentavam um estranho aspecto. Essa visão exacerbou ainda mais a imaginação de Dom Quixote.

– Canalhas! Malvados! – gritou. – Deixai livre a quem tendes prisioneiro ou sentireis o peso do braço de Dom Quixote de la Mancha, também conhecido como o Cavaleiro dos Leões.

Dizendo isso, empunhou sua espada, esgrimindo-a contra as varas com que os homens tentavam deter o barco.

Sancho Pança, vendo o perigo e sem poder fazer nada, ajoelhou-se no fundo do barco e começou a rezar em altos brados.

Dom Quixote, com seus movimentos, provocou o desequilíbrio do barco que, depois de alguns sacolejos, acabou por emborcar. Nosso fidalgo, embora nadasse melhor que um ganso, foi duas vezes ao fundo, levado pelo peso das armas. Não fosse o providencial auxílio dos moleiros, teria morrido afogado. Sancho foi retirado como um saco de batatas, pois nadar era uma das muitas artes de que nada entendia.

Depois de retirados, encharcados e desmoralizados, ficaram tiritando de frio enquanto ouviam as reprimendas dos moleiros.

Nesse momento, chegou o dono do barco, que se havia despedaçado contra a roda do moinho, e exigiu que os dois pagassem o prejuízo.

Dom Quixote ordenou a Sancho que pagasse cinquenta moedas ao proprietário da embarcação, o que o escudeiro fez com muita má vontade.

Os salvadores continuaram a admirar aquela dupla de absurda aparência. Pelo palavreado de Dom Quixote, concluíram tratar-se de dois loucos. Por isso não lhes pregaram algumas pauladas, como acreditavam merecer.

Estropiados e congelados, nossos aventureiros capenguearam até as montarias e retomaram seu rumo.

Dom Quixote se apresenta à bela caçadora

Finalmente, sem abrir a boca, se afastaram do famoso rio. Dom Quixote, absorto em seus pensamentos, revivendo amores ainda não experimentados ou aventuras galantes. Sancho Pança, ainda atordoado com os últimos acontecimentos, pesaroso por ter desembolsado as cinquenta moedas e já completamente desiludido de qualquer ilha que lhe pudesse restar depois de tantos dissabores. Assim, acamparam num bosque próximo e dedicaram as primeiras horas da tarde a pôr em dia o pouco que lhes restava: remendar as roupas, consertar os calçados e rebuscar, nos fundos dos alforjes, as migalhas que seriam seu jantar. Passaram uma noite nostálgica, com escassas frases trocadas ao redor do fogo. Pela manhã, depois de encilhar os animais, seguiram sem um rumo muito definido, ao sabor dos acontecimentos.

Sucedeu que, ainda antes de o sol aparecer, alcançassem um verde prado onde se via, ao fundo, uma porção de gente a cavalo. Acercando-se do grupo, notaram tratar-se de caçadores. Entre os caçadores estava uma mulher de fulgurante beleza. Montava um magnífico garanhão e o conjunto não poderia ser mais belo. Pela riqueza das vestes e altivez do porte, Dom Quixote logo percebeu tratar-se de uma mulher pertencente à nobreza. Então ordenou ao escudeiro:

– Vai, Sancho, e diz àquela senhora que o Cavaleiro dos Leões deseja ardentemente beijar sua delicada mão e pôr-se a seu serviço. Mas vê bem como falas. Cuidado para não dizeres algum disparate. Atenta para o fato de que és meu embaixador.

– Não tenhais cuidado, meu amo. Não é a primeira vez que cuido de embaixar altas e nobres senhoras nesta vida!

– Assim espero, meu amigo. Vai em boa hora e Deus te guie.

Sancho galopou com seu burrico até onde estava a senhora e, ali chegando, apeou, para em seguida colocar um joelho em terra:

– Formosa senhora – disse –, aquele cavaleiro que está na colina, chamado o Cavaleiro dos Leões, é meu amo. Já foi ele também chamado o Cavaleiro da Triste Figura e agora envia por mim os mais sinceros cumprimentos e o desejo de servi-la.

– Por certo, bom escudeiro – respondeu a senhora. – Levanta-te, que um escudeiro de tão grande cavaleiro não merece estar de joelhos. Aqui já tivemos conhecimento dos muitos feitos realizados por teu amo. Podes dizer a ele que venha e será muito bem recebido por mim e pelo duque, meu marido.

Sancho Pança ficou não só admirado com a beleza daquela mulher como também com sua grande gentileza.

– Responde-me, meu bom amigo... Esse teu senhor não é o mesmo Dom Quixote de la Mancha de quem existem impressas muitas histórias e que tem por dona de seus amores uma tal Dulcineia de Toboso?

– Esse mesmo, minha senhora. E o escudeiro que também deve estar nesses livros e que se chama Sancho Pança, se é que não me trocaram o nome, sou eu mesmo.

– Isso muito me alegra. Mas vai, meu bom homem, e dize ao teu senhor que ele é bem-vindo e que sua chegada me alegrará mais que qualquer outra coisa.

Sancho, com tão agradável notícia, correu a dar contas ao fidalgo. Dom Quixote aprumou o corpo sobre a sela, sacudiu o torpor do Rocinante e galopou em direção à duquesa. Depois de beijar-lhe a mão no melhor estilo dos nobres cavalheiros, cumprimentou cerimoniosamente toda a comitiva. O duque e seus acompanhantes, que já conheciam a história do cavaleiro, não mediram esforços para levar a farsa o mais longe possível. Sabiam estar lidando com um maluco inofensivo que se acreditava um grande cavaleiro andante, e deram ao momento toda a pompa palaciana.

Contudo, quando Dom Quixote tentou apear-se, apoiou todo o peso num estribo e a sela, por estar frouxa a cincha, escorregou, provocando-lhe uma fragorosa queda.

O duque saltou agilmente de seu cavalo e foi socorrer nosso fidalgo, que tentava ainda levantar-se com todo o peso de suas armas.

– Sinto, senhor Cavaleiro da Triste Figura, que a primeira vez que pondes os pés em meus domínios seja de forma tão... desastrada. Isso, porém, é por culpa dos escudeiros, que nunca preparam as montarias como devem ser.

Ultrapassado esse pequeno incidente, o duque convidou o fidalgo para visitar seu castelo. Seguiram todos, indo à frente o duque, a mulher e Dom Quixote, em direção a novos acontecimentos.

A entrada triunfal no castelo e outras honrarias

A alegria era geral. Assim que chegaram aos portões do castelo, viram todos os seus habitantes vestidos com as melhores roupas e acenando bandeirolas de boas-vindas. Desnecessário dizer que essa fora uma providência do duque, que havia mandado um emissário preveni-los da chegada do aventureiro. Ordenara que lhe fosse feita grande recepção.

Enquanto iam entrando, pétalas de flores eram jogadas sobre as cabeças de Dom Quixote, do duque e demais acompanhantes. Os criados gritavam saudações ao cavaleiro andante, que, francamente admirado, respondia sobriamente com gestos dos braços. Na realidade, Dom Quixote transbordava de felicidade: afinal era tratado como um legítimo cavaleiro de nobreza incontestável.

Quando entraram no grande salão de festas, seis lindas donzelas acudiram, livrando-o das armas, da armadura e do capacete. Devidamente instruídas e advertidas pelo duque, a custo contendo o riso, fizeram tudo para agradar ao esquálido cavaleiro.

Sancho Pança, que jamais antes havia entrado num castelo, estava completamente abobalhado com o tratamento que dispensavam ao amo. Agora via que estivera sempre muito certo por ter abandonado a casa e servido tão ilustre fidalgo. Certamente já haviam ultrapassado a fase de levar pauladas e ingressavam na de recolher riquezas. Via, bem próxima, sua ilha e seu próprio castelo.

Sentaram-se à mesa, onde desfrutaram de um jantar digno do mais rico de todos os monarcas. Dom Quixote comia sobriamente, respondendo às perguntas do duque, da duquesa e do sacerdote do castelo, além das de outros curiosos. Mantendo uma atitude austera, dizendo poucas e precisas palavras, o fidalgo foi captando a simpatia de todos, com exceção do padre.

Depois do jantar, a duquesa, querendo ser gentil, perguntou que notícias tinha o cavaleiro de sua bela Dulcineia, e se naqueles últimos dias lhe havia enviado algum gigante vencido para prestar-lhe vassalagem.

– Senhora, minhas desgraças, ainda que tenham tido princípio, jamais terão fim. Venci gigantes, feiticeiros e dragões, mas como poderia enviar-lhos se ela está encantada? Por efeito de terrível bruxaria, hoje está transformada numa feiosa e rechonchuda camponesa.

O padre, que muitas vezes havia criticado o duque por ler e possuir o livro que contava as loucas aventuras do fidalgo, ao ouvir essa heresia não se aguentou. Voltou-se para o duque e falou quase histericamente:

– Tereis que prestar contas a Deus! Esse tal Dom Quixote, ou Dom Maluco, ou seja qual for seu nome, talvez não seja tão estúpido como quereis fazer crer. Com essas atitudes, só estais lhe dando oportunidade para prosseguir em suas sandices, alimentando sua vaidade.

E voltando-se para Dom Quixote, que tudo ouvia extremamente surpreso, completou:

– E vós, cérebro de macaco, quem vos meteu na cabeça que sois cavaleiro andante e que vencestes gigantes? Melhor seria que voltásseis para vossa casa a criar vossos filhos, se os possuís, ou tratásseis de vossas terras e deixásseis de andar vagando pelo mundo, levando pancadas e dando motivos para que todos riam de vossas palhaçadas. Onde, afinal, pensais que existem ainda cavaleiros andantes? Onde existem gigantes ou feiticeiros na Espanha? Que história é essa de uma encantada Dulcineia? Melhor que tomeis juízo e vos comporteis como um homem normal. Vossas mentirosas aventuras estão prejudicando a cabeça de quem as lê.

Dom Quixote ouviu tudo o que dizia o venerável ancião com uma enorme calma e máxima atenção. Depois que ele se calou, com o rosto alterado pela ira e tremendo dos pés à cabeça, respondeu:

– O lugar onde estou, as pessoas aqui presentes e o respeito que sempre tive e tenho pelos religiosos me impedem de dizer o que, na verdade, mereceis ouvir. Todos sabem que as armas dos que usam batina são as mesmas das mulheres, isto é, a língua, mas eu esperava de Vossa Reverendíssima uma melhor postura. De um padre se deveria esperar conselhos, e não vitupérios. Minhas intenções, senhor padre, sempre as endereço para bons fins, que são fazer o bem a todos e o mal a ninguém. Se esse procedimento merece ser chamado coisa de bobos, melhor julgamento hão de fazer meus mui nobres anfitriões, o duque e a duquesa, aqui presentes.

Sancho Pança gritou, entusiasmado com o discurso de seu amo:

– Por Deus, é isso mesmo! Não precisas dizer mais nada, meu senhor. Esse embatinado, dizendo que não existem no mundo cavaleiros andantes, acabou por não dizer nada. Afinal, se erra no principal, como vai acertar nas minúcias?

– Porventura – perguntou o padre –, sois vós aquele Sancho Pança a quem dizem ter vosso amo prometido uma ilha?

– Claro que sou e bem a mereço! – respondeu Sancho. – "Junta-te aos bons e serás um deles." Sou aquele que "se se protege sob uma boa árvore, terá boa sombra". E estou protegido, meu caro senhor padre. Faz muitos meses que ando em sua companhia e não me arrependo. E viva ele e viva eu, que não me hão de faltar impérios para mandar nem ilhas para governar.

– Por certo que não – disse o duque. – Eu, em nome do senhor Dom Quixote, vos entregarei uma ilha para que a governeis. E, afianço-vos, não é uma ilha pequena.

Com isso partiu o padre, profundamente ofendido, e ficaram os nossos amigos, mais satisfeitos ainda.

Uma caçada que resulta pouco agradável para Sancho Pança

Passaram-se alguns dias e nossos amigos continuavam a desfrutar a farta e honrosa hospitalidade do castelo. O duque e a duquesa se divertiam ouvindo e conversando com a dupla de aventureiros. Dom Quixote, em sua loucura, era tão consequente que provocava a maior admiração nos fidalgos. Sancho Pança, com sua simplicidade, arrancava milhares de gargalhadas quando aplicava seus provérbios e ditados. E, é impossível negar, o gorducho escudeiro tinha um enorme estoque de provérbios.

Certo dia, o duque informou aos visitantes que na madrugada seguinte sairiam para uma caçada de javalis. Deram a Dom Quixote uma roupa de montaria, própria para caçadas, e a Sancho Pança um finíssimo traje, próprio de sua profissão. Dom Quixote não aceitou, visto que logo voltaria à prática da cavalaria andante e lhe seria incômodo carregar um guarda-roupa extra. Sancho, porém, vestiu o seu, pretendendo vendê-lo assim que se apresentasse oportunidade.

Na madrugada seguinte, reuniram-se todos diante do palácio para a caçada. Sancho Pança, apesar de lhe terem oferecido um cavalo próprio para a ocasião, preferiu ir montado em seu jumento, pois jamais se separara dele. A longa comitiva, composta dos castelãos, de alguns fidalgos convidados, de nossos heróis e uma infinidade de criados, partiu acompanhada de uma enorme matilha de cães.

Assim que se iniciou a caçada, os cães rastrearam um imenso javali que, perseguido, enveredou em direção ao lugar onde estavam o duque, Dom Quixote e Sancho Pança. A fera, furiosa, vinha de dentes arreganhados e soltando espuma pela boca. Dom Quixote, assim que viu o javali, tomou de seu escudo e, desembainhando a espada, foi ao seu encontro, o mesmo fazendo o duque. Sancho, porém, dando de cara com a enorme fera, saltou do burrico e correu em direção à árvore mais próxima. Com os maiores esforços foi escorregando pelo tronco, um pouco subindo, outro descendo, até alcançar os galhos mais próximos. Antes que conseguisse acomodar-se, o galho foi-se partindo aos poucos, estalando e envergando. Sancho Pança, que ficara com a bela roupa recém-ganha espetada numa ponta de pau, arrumou um duplo problema: se caísse, poderia ser alcançado pelo javali, e mesmo que não ocorresse isso, seu lindo traje novo estava virando tiras. De forma que, nada mais podendo fazer, começou a berrar como se estivesse sendo devorado pela fera. Finalmente, os caçadores mataram o bicho e Dom Quixote foi acudir seu escudeiro. Com um certeiro golpe de espada, livrou o gordo do galho que o prendia, acabando por inutilizar a roupa que este pretendia transformar em dinheiro.

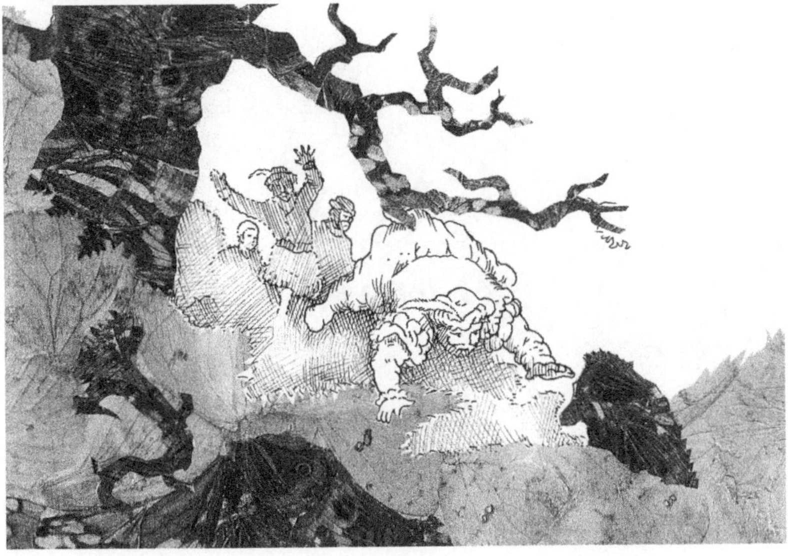

Voltaram todos para o acampamento – uma grande tenda de campanha instalada sob as árvores – trazendo a caça pendurada num varapau. Ao escurecer, serviram uma lauta mesa, onde todos comeram com muito apetite. Mas antes que se retirassem para os leitos, o espirituoso duque havia preparado uma surpresa.

Como que obedecendo a uma ordem oculta, de súbito todo o bosque se iluminou. Centenas de tochas foram acesas quase ao mesmo tempo. Logo se ouviu o toque agudo de muitas cornetas e outros instrumentos de guerra, como se uma enorme tropa de cavalaria se aproximasse. Tambores marcavam o ritmo da marcha, secundados por clarins e pífaros.

Todos ficaram pasmos de admiração, esperando a chegada de tão absurdo exército. A vanguarda de tropa parou no início da clareira e dela se adiantou uma estranha figura vestida de demônio, fazendo soar uma trombeta de corno.

– Olá, senhor! – disse o duque, adiantando-se para receber o visitante. – Quem sois? Qual vosso destino? Que tropa é essa que atravessa o bosque?

– Sou o Diabo! – respondeu. – Venho à procura de Dom Quixote de la Mancha. O exército que vedes na floresta é uma tropa de feiticeiros que sobre um carro traz a magnífica Dulcineia de Toboso. Vem encantada, a bela Dulcineia, e é conduzida pelo célebre francês Montesino, que há de ensinar ao fidalgo Dom Quixote como fazer para quebrar o encantamento.

E logo, voltando-se para Dom Quixote, falou com voz retumbante:

– A ti, Cavaleiro dos Leões, me envia o valente cavaleiro Montesino, que traz a fórmula para desencantar a bela Dulcineia. Ordenou o cavaleiro que espere aqui mesmo novas ordens.

E, assim dizendo, afastou-se rapidamente em direção à floresta.

O duque, que, divertido, observava a cena, andou até Dom Quixote e perguntou-lhe:

– Pretendeis esperar conforme determinou o Diabo?

– Aqui esperarei nem que tenha que enfrentar uma legião de demônios! – respondeu o intrépido cavaleiro.

Foram longas horas de espera. Porém, antes que amanhecesse, surgiu um carro puxado por quatro bois cobertos de tecidos negros, trazendo amarrada em cada canto uma tocha acesa. Sobre o carro, numa espécie de trono alto, vinha um venerável ancião, as longas barbas brancas como neve. Estava vestido com uma roupa negra que lhe cobria inteiramente o corpo.

– Sou o sábio Lirgandeu – anunciou ao chegar.

Passando sem se deter, vinha seguido por outro carro com uma personagem quase igual.

– Sou Alquife, o sábio, grande amigo de Urganda, a Desconhecida.

Seguiu também esse carro e surgiu outro que, ao contrário dos dois primeiros, trazia um homem robusto e de aparência assustadora.

– Sou Arcalaus, o feiticeiro, inimigo mortal de Amadis de Gaula e de todos os seus seguidores.

E passou também adiante.

Então ouviu-se uma música muito suave que fluía do carro seguinte, já entrando na clareira. Era um carro três vezes maior que os outros. Vinha puxado por seis belas mulas, todas cobertas por mantas de linho branco. Rodeando um trono, onde se sentava uma ninfa coberta de véus, vinham doze acompanhantes, cada um com uma tocha acesa na mão.

O carro parou, a figura levantou-se e retirou os véus que a cobriam. A cara horrenda da Morte apareceu. Foi uma exclamação geral.

– Sou Merlim, o príncipe dos feiticeiros. Trago o remédio para desfazer o encanto da bela Dulcineia.

Um desencantamento maior para Sancho Pança

— E qual é a fórmula, sábio Merlim? – perguntou Dom Quixote entre ansioso e incrédulo.

– Para que se finde o longo e tenebroso encanto da bela Dulcineia é mister que teu fiel escudeiro se aplique, em suas próprias costas, três mil e trezentas chibatadas. Ainda que isso o faça sofrer muito e muito o amargure, não existe outra fórmula. Só depois de aplicado o remédio, sem piedade e com todo o empenho, é que voltará à sua antiga condição a formosa Dulcineia.

– Ao diabo esse jeito de desencantar! – exclamou Sancho Pança. – Não sei o que têm que ver minhas costelas com os encantos dos outros! Por Deus, que se o senhor Merlim não encontrar outra maneira de resolver o caso, a senhora Dulcineia de Toboso vai seguir encantada até a sepultura!

– Isso veremos, seu ingrato! – respondeu Dom Quixote, furioso. – Hei de te amarrar a uma árvore e te aplicar não três mil e trezentas lambadas, mas sim seis mil e seiscentas. E não me respondas, que te arranco a alma!

Merlim, porém, interferiu:

– Não pode ser assim. As chibatadas deverão ser aplicadas pelo próprio Sancho e de livre e espontânea vontade.

– Nem por minha vontade, nem por vontade de ninguém! – rosnou Sancho Pança. – Esse é um problema de meu senhor. A ele interessam os encantos e desencantos dessa Dulcineia. A mim pouco me importa que continue mais feia que o próprio demônio.

O duque, vendo o impasse, resolveu interferir:

– Se é assim, também me desobrigo de meus propósitos. Afinal, se um escudeiro não se sacrifica pelo seu cavaleiro, não merece governar sequer um estábulo, quanto mais uma ilha.

Sancho Pança levou um susto. Agora que a ilha já estava praticamente em suas mãos, ia perdê-la porque um sábio lhe arrumara uma bela e gratuita surra.

– Preciso de dois dias para decidir... – propôs reticente.

– Impossível! – respondeu Merlim. – A resposta tem que ser imediata.

– Certo, certo. Que seja lá o que Deus quiser! – conformou-se o pobre escudeiro. – Mas que fique claro: chicote nas costas, ilha nas mãos!

Dom Quixote, extremamente emocionado, abraçou-se ao gordo escudeiro e cobriu-o de beijos agradecidos.

Surgia a aurora, e o grupo foi-se dispersando. Dom Quixote, muito feliz, recolheu-se para um merecido descanso. Sancho Pança, triste e preocupado, ia imaginando o estado em que ficariam suas costas depois de tamanha quantidade de bordoadas.

Os dois infelizes, curtindo suas próprias ilusões, não imaginavam que faziam triste papel de palhaços para os enfastiados fidalgos.

Clavilenho, o cavalo de madeira, e outra aventura

Determinados a continuar gozando da loucura de Dom Quixote e da ingenuidade de Sancho Pança, os habitantes do castelo planejaram outras brincadeiras com os infelizes. Com a crueldade dos poderosos e a insensibilidade dos arrogantes para com os humildes, engendraram e acionaram nova burla.

Quando estavam passeando nos jardins do castelo, chegou um cavaleiro, vestido à maneira oriental com um enorme alfanje na cintura, que assim se apresentou:

– Sou Trifaldino da Barba Branca – disse, retirando um véu de sobre o rosto e mostrando uma enorme barba branca. – Sou escudeiro da Condessa Trifáldi, conhecida por Dama Dolorida, que aí vem para pedir a proteção e a ajuda do valoroso cavaleiro Dom Quixote de la Mancha.

Logo chegou a "dama", que, numa arenga tortuosa e cheia de superlativos, contou vir de um reino no qual, por obra de um gigante feiticeiro chamado Malambruno, todas as mulheres do palácio tinham tido seus rostos cobertos por longas barbas. Ela vinha pedir a Dom Quixote e seu escudeiro que fossem até o tal reino – que distava cinco mil milhas dali – e, depois de vencer o gigante, quebrassem o terrível encanto. Para que fosse possível alcançar o reino de Dama Dolorida, tinham trazido um mágico cavalo de pau. Nesse cavalo deviam montar Dom Quixote e seu escudeiro e nele seriam levados até o reino, num abrir e fechar de olhos.

Sancho Pança tratou de se esquivar de tal responsabilidade:

– Já tenho minha missão aqui, que é desencantar a bela Dulcineia, e que não me sairá barata. Nada tenho a ver com as barbas dessas ilustres senhoras. Cavaleiros são cavaleiros e escudeiros, escudeiros. Essas missões são próprias de cavaleiros... Ponho as minhas barbas de molho e afirmo que não monto em qualquer garupa. Muito menos de um cavalo de pau de quem desconheço as intenções.

Afinal, com agrados e ameaças, o pobre Sancho terminou por aceitar mais essa empreitada.

Depois de anoitecer, trouxeram o tal cavalo de pau, chamado Clavilenho. Colocaram-no no meio do pátio e prepararam tudo para a "viagem". Sancho Pança ainda tentou fugir àquela estranha jornada, mas o duque ameaçou-o com a perda da ilha e isso deu-lhe coragem.

Como condição para realizar o velocíssimo transporte, os dois cavaleiros teriam os olhos vendados, pois não poderiam ver nada, senão se quebraria o encanto e os dois despencariam de uma altura infinita. De forma que, vendados com largas faixas de pano, acomodaram-se no lombo do estranho animal e se prepararam para a partida. Todos os que assistiam à cena gritavam adeuses e votos de boa viagem, enquanto riam dos infelizes.

Sancho Pança, amedrontado, abraçou-se ao corpo do fidalgo, rezando baixinho e jurando ser a última vez que se metia em aventuras daquela espécie.

Alguém sacudiu o cavalo, outro soprou nas orelhas dos dois e um terceiro gritou:

– Vejam só como voam! Como puderam chegar tão alto em tão pouco tempo?

– Como podemos estar tão alto se ouço suas vozes junto de mim? – perguntou Sancho Pança.

– Não repares nisso, meu amigo. São obras do encantamento. Numa distância de mil léguas ainda ouvirás suas vozes – explicou Dom Quixote. – E agora não me apertes tanto, senão me derrubas. Não tenhas medo. Tudo está correndo como deve.

Os divertidos criados do castelo, ouvindo aquilo, tocaram fogo numas estopas e aproximaram-nas dos rostos dos dois.

– Acho que estamos na região dos fogos... se não for no próprio inferno! – disse o escudeiro. – Vou tirar a venda...

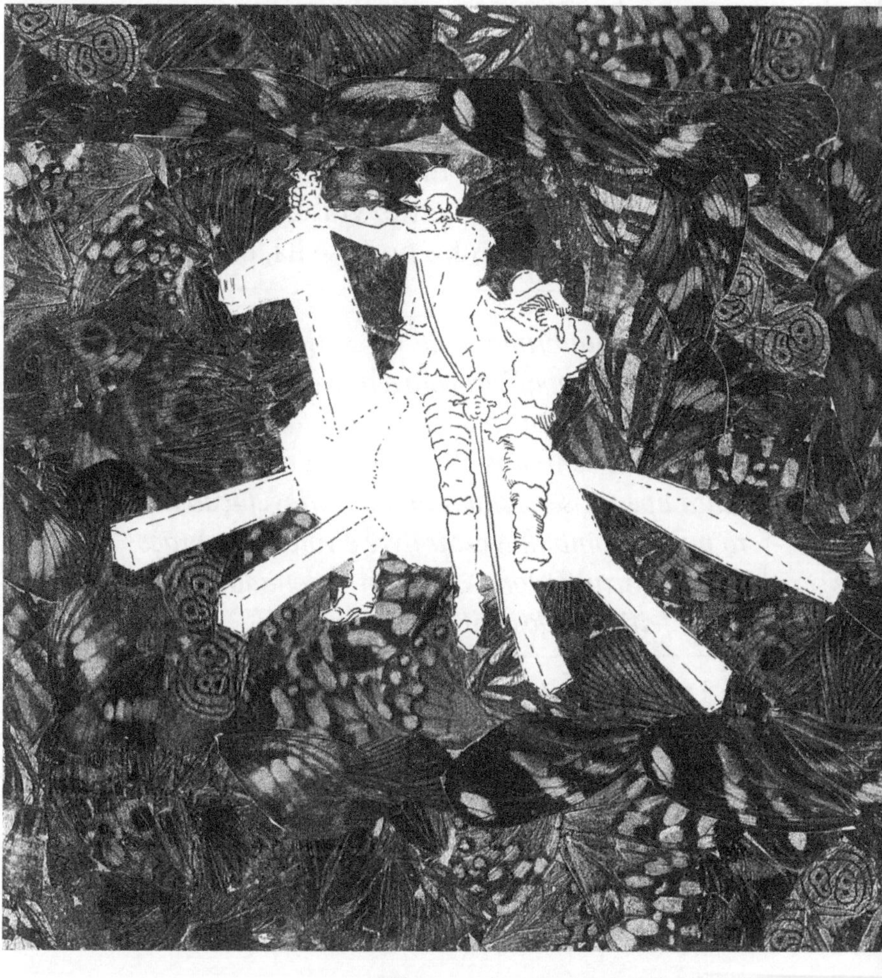

– Não faças isso! – gritou-lhe o amo. – Pode acontecer algo terrível. Não esqueças que eles nos advertiram quanto a isso.

O duque e seus amigos davam gostosas gargalhadas ouvindo o ingênuo diálogo entre os dois. Logo alguém tocou fogo no rabo do cavalo Clavilenho, onde haviam posto enorme quantidade de foguetes. As explosões atiraram longe Dom Quixote e Sancho Pança, atordoados e chamuscados.

Quando retiraram as vendas, viram que estavam no pátio do castelo do duque. Não se viam mais a Dama Dolorida nem seus acompanhantes. Caídos no chão estavam os habitantes do castelo, o duque e a própria duquesa. Dom Quixote examinou tudo em volta tentando entender o que se passara. Finalmente, viu uma lança cravada no chão com um pergaminho onde se lia, em letras de ouro:

Malambruno se dá por satisfeito. Dom Quixote, com sua incomparável coragem, venceu esta terrível prova. Estão desfeitos todos os encantamentos. Caíram as barbas das senhoras e tudo voltou ao normal no reino. Falta apenas ser cumprida a autoflagelação do escudeiro para a pombinha estar livre e voltar aos braços de seu querido arrulhador. Assim foi ordenado por Merlim, o sábio feiticeiro dos feiticeiros.

Dom Quixote leu e releu a estranha mensagem com muita atenção. Depois, aproximando-se do duque, já recuperado do "desmaio", disse-lhe, orgulhosamente:

– Terminou a aventura sem danos ou dores, como mostra, claramente, esta mensagem.

Não sabia o infeliz que todo o castelo ria de sua louca ingenuidade.

Por fim, Sancho Pança conquista sua ilha

Com o sucesso da aventura da Dama Dolorida, os duques ficaram tão contentes que resolveram passar para novas brincadeiras. Assim, ordenaram aos seus criados que preparassem a ilha da qual Sancho Pança seria empossado governador. Deram ciência ao escudeiro de que no dia seguinte, finalmente, receberia sua ilha, onde teria a força e os direitos de um rei.

– Depois que baixei do céu, donde via a terra tão pequena, já não tenho tanta vontade de governar uma ilha... – disse sonhadoramente o escudeiro. – Prefiro um pedaço do céu...

– O céu pertence a Deus e só Ele o pode dar – respondeu o duque. – O que prometi e cumpro é dar-te a ilha, fértil e abundante, onde, se fizeres bom governo, poderás criar tantas riquezas que será um pequeno céu.

– Está bem! Que venha essa tal ilha! Farei tudo para ser um bom e justo governador.

– Viste, meu bom Sancho? – disse Dom Quixote, que a tudo observava. – Terás tua ilha onde serás rei e lei. Mas procura governar com sabedoria. Um bom rei é sempre mais magnânimo que rigoroso.

– Tenho medo de que o poder me faça esquecer tudo isso! – confessou o honesto escudeiro.

Dom Quixote então passou várias horas aconselhando seu escudeiro e dando-lhe as fórmulas mais simples para bem governar.

Prosseguindo a fantasiosa aventura, os duques prepararam uma grande comitiva para acompanhar o novo governador até sua ilha. Esta era um povoado de propriedade do duque, onde viviam cerca de mil habitantes que tinham sido previamente instruídos de como participarem da burla.

O séquito, tendo à frente Sancho Pança vestido com um manto "governamental", deu início à marcha vivamente aplaudido pelos que ficavam no castelo. O governador ia montado em um fogoso cavalo, mas, por ordens do duque, logo atrás ia seu jumento puxado por um criado. Volta e meia o escudeiro, preocupado, virava a cabeça e conferia se seu amado burrico seguia junto.

Assim que chegaram à "ilha", foram recebidos com muita festa, vivas e foguetes. Os sinos tocavam, o povo ria e Sancho Pança não cabia em si de satisfação ao receber as chaves da cidade. Depois levaram-no para a sala dos julgamentos. Lá, conferindo-lhe o título de governador, pretendiam expô-lo a novas e ridículas situações.

Seu "oficial de gabinete" informou-lhe que era costume submeter ao governador todos os graves problemas da ilha em audiência aberta e pública. Era um teste para medir a capacidade do governante.

Os primeiros demandantes eram dois velhos. Um vinha apoiado num cajado. O outro, apesar de ter a mesma idade, não se servia de apoio.

Quando chegaram diante do governador, falou o velho que não trazia cajado:

– Senhor, emprestei a este homem dez ducados de ouro para que mos devolvesse em poucos dias. Acontece que já faz muito tempo e, apesar de rogar que mos devolva, ele se nega a isso, às vezes dizendo que não tomou nada emprestado, outras dizendo que já me pagou.

– Que diz disso, meu bom velho? – perguntou Sancho Pança ao que trazia o bastão.

– Digo-vos que na verdade ele me emprestou os dez ducados de ouro... Mas afirmo-vos também que posso jurar sobre a cruz tê-los devolvido.

Após ouvir tais palavras, Sancho Pança, que era bom cristão e temente a Deus, achou que o juramento seria coisa tão grave que o pretenso devedor não ousaria jurar em falso. Segurando seu cetro, que tinha uma cruz na ponta, perguntou ao outro se aceitava tal juramento. O credor aceitou.

O velho devedor aproximou-se para prestar juramento. Parecendo um tanto trêmulo e desajeitado, entregou ao credor o cajado, enquanto estendia a mão sobre a cruz para jurar.

– Juro que este senhor me emprestou dez ducados de ouro, mas juro também que os devolvi às suas próprias mãos. Se não for verdade, que Deus me dê justo castigo – disse solenemente o velho.

– Então, que dizeis, meu bom homem? – perguntou Sancho Pança, voltando-se para o credor.

– Senhor, se ele jura que me devolveu o dinheiro, como não crer nisso? Talvez me tenha esquecido, pois a memória de um velho não é boa.

Depois de devolver o cajado para o velho que jurara, saíram os dois acompanhados pelo olhar desconfiado de Sancho Pança. Afinal a coisa se decidira muito facilmente. Aí havia algo com que ele não atinava.

Quando os dois já estavam na porta, Sancho chamou-os de volta. Tomando o cajado das mãos do velho devedor, entregou-o ao credor, dizendo:

– Vai com Deus, meu bom velho, agora estás pago.

– Como, senhor? Este simples cajado não vale sequer um ducado de ouro, quanto mais dez!

– Eu seria um péssimo governador se não soubesse o valor que têm as coisas.

E, quebrando o cajado contra o joelho, fez com que rolassem as dez moedas de ouro que estavam ocultas dentro dele.

Todos ficaram muito admirados e já duvidando de que aquele gordo homem fosse um bobo.

Após o primeiro julgamento, entrou uma mulher gritando por justiça, enquanto praticamente arrastava um homem bem vestido e com ar próspero. Sancho Pança perguntou à mulher porque bradava daquele jeito.

– Justiça, senhor governador. Este homem que está aqui diante de vós encontrou-me sozinha no campo e aproveitou-se de mim. Usou meu corpo como se fora um trapo mal lavado. Exijo uma compensação. Afinal, tenho tido sempre uma vida limpa e honesta, para que seja agora tratada como essas mulheres que se beneficiam do corpo!

– Que dizes disso tudo, meu amigo? – perguntou o governador.

– É verdade, senhor, que aconteceu o que aconteceu. Voltava eu da cidade, onde fora vender alguns porcos, quando encontrei esta mulher. Entramos de acordo e lhe paguei aquilo que ela havia pedido. Agora, talvez adivinhando que eu tenha mais dinheiro, tenta me extorquir.

Sancho Pança pensou por uns momentos. Logo perguntou ao homem se ele tinha consigo mais dinheiro. Ele confirmou que tinha vinte ducados de prata numa bolsa de couro.

– Então entrega-os a ela – ordenou o governador.

Em seguida, mandou que a mulher partisse. Ela saiu toda feliz segurando firmemente a bolsa, enquanto o fazendeiro se lastimava por causa do enorme prejuízo. Antes que a mulher alcançasse a porta, Sancho Pança ordenou ao fazendeiro que saísse em perseguição da mulher e tomasse a bolsa com o dinheiro de volta. Não demorou muito e ouviram-se gritos. Logo a mulher retornou esbravejando e seguida pelo homem.

– Senhor governador, este safado tentou-me tomar a bolsa que Vossa Mercê lhe mandou entregar-me.

– E ele conseguiu seu propósito? – perguntou o governador.

– Capaz! Seria mais fácil me matar que me tomar a bolsa. Seriam precisos dez iguais a ele para tomar-me alguma coisa! Ainda mais vinte ducados de prata!

– Realmente – confirmou o desconsolado amante. – Confesso que não tenho forças para tomar nada dela. Luta mais que uma gata brava.

Com um gesto, Sancho Pança pediu à mulher que lhe entregasse a bolsa. Assim que a teve nas mãos, entregou-a ao seu antigo proprietário.

– Minha filha, se a mesma força e determinação que mostraste ao defender a bolsa tivesses usado ao defender teu corpo, nada lhe teria acontecido. Determino que partas desta ilha e não voltes mais por aqui, sob pena de seres condenada a duzentas chicotadas. E agora, fora!

Mais uma vez causou admiração o juízo e o equilíbrio do governador. Aqueles que estavam ali para se divertir à sua custa começaram a pensar que muitas vezes a falta de cultura e de maneiras não quer dizer que falte critério e espírito de justiça.

Sancho Pança seguiu exercendo seu cargo de governador com sóbrios julgamentos e justas sentenças.

Acontecimentos que fazem Sancho Pança renunciar à ilha

Depois de um longo e fastidioso expediente, Sancho Pança não pensava em outra coisa que não fosse encher a barriga. Suas tripas roncavam desavergonhadamente e a fome lhe estava devorando as entranhas. Ordenou que lhe arrumassem uma mesa e servissem a melhor refeição que pudessem preparar. Logo foi conduzido a uma sala muito grande, onde uma vasta mesa estava preparada. Sancho sentou-se à cabeceira da mesa, único lugar onde havia uma cadeira e onde estavam postos os pratos e talheres. Um homem, com uma varinha na mão, apresentou-se como médico do palácio, outro benzeu a comida, um terceiro colocou um babador em torno do pescoço do governador e ainda outros serviram a mesa. Quando Sancho tentou servir-se do primeiro prato, o médico bateu com a varinha em sua mão:

– Um momento, senhor governador. Como vosso médico, tenho o dever de fiscalizar vossas refeições, bem como impedir-vos de comer aquilo que não vos seja conveniente. Esse prato me parece muito indigesto, por isso mando retirá-lo.

E assim procedeu com todos os pratos: um estava quente demais, outro um tanto cru, o terceiro muito frio, o quarto com um mau aspecto, o quinto mal preparado, o sexto...

– Desse jeito, me parece que sairei daqui com a barriga mais vazia do que quando cheguei – resmungou Sancho.

Tanto tentou e tantas vezes foi impedido de comer que, enraivecido, levantou-se e disse ao "doutor":

– O que me parece é que tentas me matar de fome, e não outra coisa. Retira-te daqui imediatamente ou quebro-te esta cadeira nas costelas. E garanto que estarei praticando uma boa ação, pois um médico assim só pode causar mais mortes que salvar vidas.

Mas estava escrito que Sancho Pança não conseguiria fazer a refeição. Quando, livre do médico, ia ordenar que o servissem novamente, entrou correndo um mensageiro trazendo uma carta.

– Quem me manda é o senhor duque. Ordenou-me que entregasse esta mensagem em vossas próprias mãos, dizendo que era muito urgente.

Como Sancho Pança não sabia ler, ordenou ao primeiro que viu que lesse a carta. Dizia:

Senhor Governador,

Fui informado de que inimigos meus preparam um assalto contra vossa ilha. Convém estardes alerta e preparado. Sei também que entraram aí quatro espiões disfarçados, com a missão de vos matar. É importante que não descuideis de vossa segurança, principalmente com pessoas estranhas. Não comais também nada que vos mandem de presente. Espero que deis a devida atenção ao meu aviso.

Vosso amigo, o Duque.

Sancho Pança ficou em silêncio, refletindo sobre o teor da mensagem.

– A primeira providência é meter na cadeia esse tal médico. Se alguém já tentou me matar foi ele. E de péssima morte: pela fome!

Apesar de toda a vigilância, dali para frente não foi notado qualquer intento de ataque inimigo. Assim se passaram sete dias, que o governador aproveitou para ministrar justiça dentro de seus padrões de julgamento, muitas vezes mais sábios e justos que os praticados pelos verdadeiros governadores.

Depois de um dia muito cansativo, estava Sancho Pança deitado, saudoso de suas andanças e já um tanto desiludido com o tal governo, quando ouviu uma gritaria:

– Alarma! Às armas! Estamos sendo atacados!

Sancho levantou-se e abriu a porta, vendo que muitos homens corriam pelo corredor agitando espadas e gritando espavoridos. Um deles se aproximou e informou:

– Estamos sendo atacados, senhor governador! Um exército muito grande invadiu a ilha. Estaremos perdidos se Vossa Mercê não sair em nosso socorro! – E vendo uma certa indecisão no gorducho governador, insistiu: – Armai-vos e correi para a luta antes que tomem toda a ilha.

– Como vou armar-me – perguntou Sancho, alarmado –, se nada entendo nem de armas nem de socorros?

– Não briguem numa hora dessas! – disse um outro, para em seguida vestir-lhe uma enorme couraça feita de couro cru e cheia de placas de metal e cravos.

Entalado naquela estranha vestimenta, Sancho Pança ficou teso como uma pilastra, sem poder dar um passo ou sequer mover os braços. Apesar dos protestos, foi empurrado até as portas do castelo, um pouco carregado, um pouco arrastado, e aí lhe puseram uma lança nas mãos e gritaram para que avançasse contra o inimigo.

– Como posso avançar, se estou entalado nesta miserável porcaria?

Mas os outros faziam ouvidos surdos para as ponderações do governador.

– Andai, senhor, que os inimigos já estão chegando!

Fazendo uma enorme algazarra, mais ou menos vinte homens avançaram pelo pátio do palácio atropelando nosso desequilibrado Sancho Pança, que caiu a todo o comprimento. A turba toda passou sobre o maltratado corpo de Sancho, sem perder a oportunidade de aplicar-lhe belos pontapés e pisotear-lhe a cabeça.

Quando ainda tentava, com grandes esforços, levantar-se, ouviu novo tumulto:

– Vitória, vitória! Rechaçamos o ataque. O inimigo foi vencido! – gritavam todos ao redor do pobre governador.

– Pouco me importa o tal inimigo! Peço que alguém me ajude a levantar-me! – rogou com voz dolorida.

Depois de beber um copo de vinho e reanimar-se um pouco, Sancho Pança vestiu sua antiga roupa e silenciosamente, num passo vagaroso, saiu do castelo e dirigiu-se até a cavalariça. Lá, enquanto encilhava seu querido jumento, ia falando:

– Vamos, meu amigo e companheiro de todas as venturas e misérias. Depois que subi pela torre da ambição e da soberba, minha alma foi assaltada por mil desassossegos.

E, montando, saiu em direção aos portões. No pátio estava uma pequena multidão, curiosa e preocupada com a atitude do governador.

– Abram caminho, senhores – disse. – Deixem-me voltar à minha antiga liberdade. Vou procurar minha vida passada para poder livrar-me desta morte presente. Não nasci para ser governador, nem defender ilhas, nem nada desse tipo. Fiquem com Deus e digam ao senhor duque que nasci nu e nu continuo. Não perdi nem ganhei. Saio tão pobre quanto entrei, coisa que não acontece com a maioria dos governadores.

Extremamente envergonhados de seu procedimento contra aquele humilde mas honesto homem, os antes gozadores agora pediam que ele ficasse. Sem saberem, nem terem pressentido, haviam dedicado pura amizade ao nobre Sancho Pança.

Mas de nada adiantou. Sancho partiu, abdicando de um poder que realmente nunca exercera, e, justamente sem o exercer, fora muito mais justo que os donos reais do poder.

O reencontro de Sancho Pança com Dom Quixote e a partida do castelo

Depois de um dia de viagem, Sancho Pança chegou ao castelo do duque, onde se hospedava seu amo, Dom Quixote. Foi recebido efusivamente por todos, sendo que o duque e a duquesa abraçaram-no carinhosamente.

Passados alguns dias, que foram aproveitados por Sancho para pôr em ordem seu alquebrado esqueleto e reabastecer sua sacrificada barriga, Dom Quixote ordenou ao escudeiro que preparasse os animais e os petrechos para viajarem.

Ao fidalgo, já estava dando nos nervos tanta ociosidade oferecida pelo castelo. Ansiava por buscar novas aventuras. Parecia-lhe pouco honesto, para um cavaleiro andante, ficar desfrutando de tantas regalias, quando o mundo estava cheio de tarefas a serem cumpridas. Pedindo licença ao duque, montaram em suas respectivas montarias e, depois de muitos adeuses e outras tantas carinhosas despedidas, ganharam a estrada. Sancho Pança ia particularmente feliz: além dos alforjes repletos de boa comida, havia recebido duzentos ducados de ouro.

Assim que alcançaram os verdes campos já distantes do castelo, Dom Quixote respirou o ar alegremente:

– Este é, meu caro Sancho, o verdadeiro palácio de um cavaleiro andante!

Felizes, continuaram a cavalgar pelo caminho que levava a Saragoça, saboreando a beleza dos campos e a limpidez do céu.

Haviam realizado umas tantas léguas de marcha quando, subitamente, Dom Quixote viu-se enredado em uma fina rede que atravessava o caminho presa em duas árvores.

– Parece-me, Sancho, que esta rede é mais uma artimanha de nossos inimigos feiticeiros. Que me matem se não é mais uma tentativa para me fazer algum mal. Mas mesmo que fossem do mais puro aço, eu as romperia.

E, dizendo isso, fez menção de sacar sua espada para cortar os fios que o enlaçavam. Nesse momento, saíram do bosque próximo duas encantadoras camponesas, vestidas com belos trajes domingueiros. Não tinham mais que dezessete anos e eram muito loiras, com a cabeleira solta brilhando ao sol.

– Por favor, senhor cavaleiro, não corte nossa rede – pediu uma delas. – Ela não foi posta aí para lhe fazer mal, mas simplesmente para caçar alguns passarinhos. Estamos acampadas aqui junto com várias famílias e gostaríamos de lhe oferecer algo de comer e de beber.

– Estou muito admirado com a beleza de Vossas Senhorias! – disse Dom Quixote. – E, depois de esclarecido o motivo desta rede estar aqui, seria injusto que não privasse, por alguns momentos, de vossa agradável companhia. E podeis estar certas, belas donzelas, que Dom Quixote de la Mancha e seu fiel escudeiro, rendidos por vossa gentileza, colocam suas armas e empenho às vossas ordens.

– Ai, que sorte a nossa! – exclamou a moça. – Então sois o cavaleiro mais valente e enamorado e o mais comedido do mundo? E esse que vos acompanha é vosso bom escudeiro Sancho Pança? Já muito lemos e muito ficamos sabendo de vossas aventuras.

E assim dizendo, conduziram nossos heróis até as tendas onde se encontravam os demais parentes. Dom Quixote foi colocado no lugar de honra da mesa. Logo serviram excelentes iguarias sobre uma alva e fina toalha. Comeram com apetite, entre risos felizes e exclamações de admiração. Depois da refeição, falou Dom Quixote:

– Entre os maiores pecados do mundo, ainda que digam estar a arrogância, eu afirmo que está a ingratidão. E eu jamais fui ingrato. Por isso vos declaro: nada tenho para dar em troca de tão generosa acolhida. Só posso jurar não existirem no mundo mais lindas donzelas que estas que nos receberam, excluindo a mui formosa Dulcineia de Toboso. Por isso minhas armas e minha ciência estarão sempre às vossas ordens, para o que der e vier.

Sancho Pança, entusiasmado com as palavras do amo, comentou:

– É possível que haja gente que ainda diga ser maluco meu patrão? Digam os senhores, prezados pastores. Existe alguém que possa falar coisas tão certas e corretas? E haverá cavaleiro andante, por maior fama de valente que tenha, que ofereça o que meu amo oferece?

Dom Quixote, furioso com o fato de seu escudeiro mencionar sua loucura, levantou-se e, montando o Rocinante, cavalgou até o meio da estrada, onde gritou desafios para todos os que passavam. Durante um bom tempo ali ficou sem encontrar contendor que aceitasse o desafio. Mas como a sorte é sinuosa, aconteceu de vir uma tropa de touros conduzida por uma dúzia de picadores que, com suas longas lanças, tangiam os perigosos animais. Um dos que vinham adiante avistou a figura no meio do caminho e avisou:

– Sai da estrada, homem, ou esses touros te fazem em pedaços!

– Não há touro que me vença, por mais bravo que seja. Confesse que essa é mais uma artimanha dos feiticeiros...

Sancho Pança, que chegava nesse momento montado no jumento, tentou arrastar o amo dali, mas não houve tempo. Uma massa enorme de músculos, cascos e chifres atropelou nossos heróis, atirando-os ao solo e pisoteando-os cruelmente. Passada a avalanche, Dom Quixote conseguiu pôr-se de pé e, tropeçando e oscilando, correu atrás dos agressores, provocando-os para um duelo. Não foi atendido e, cansado, sentou-se à beira do caminho esperando seu escudeiro.

Quando conseguiram montar, doloridos, tristes e envergonhados, seguiram pela estrada, sem se despedirem dos gentis camponeses.

Uma pequena surpresa na estalagem

Depois do triste encontro – ou atropelo – com os touros, nossos heróis cavalgaram até encontrar uma fonte de águas límpidas, onde mataram a sede e lavaram os corpos estropiados. Após um bom descanso, prosseguiram até encontrar uma estalagem. Perguntaram se havia pousada e, recebendo resposta positiva, apearam. Sancho Pança foi acomodar os animais na estrebaria, dando graças a Deus que desta vez seu amo não houvesse encasquetado ser a estalagem um castelo ou coisa parecida.

Chegando a hora do jantar, sentaram-se os dois numa mesa junto à parede e, depois de muita conferência de Sancho com o estalajadeiro, conseguiram algo de comer. Mal haviam metido alguma coisa goela abaixo, quando uma voz potente se fez ouvir do outro lado da fina parede.

– Vamos ler a segunda parte de *Dom Quixote de la Mancha*?

– E para quê? – perguntou outra voz. – Quem leu a primeira não tem vontade de ler a segunda parte.

– Interessa-me saber se é verdade mesmo que Dom Quixote já não ama a bela Dulcineia de Toboso – disse a primeira voz.

– Quem disser que Dom Quixote de la Mancha esqueceu sua Dulcineia é um mentiroso! – gritou Dom Quixote, que tudo ouvira. – Eu farei entender com a força de minhas armas que está muito longe da verdade.

– Quem está aí? – indagou, bastante surpresa, uma das vozes.

– Quem há de ser senão o mesmo Dom Quixote que tão impunemente mencionais! – disse Sancho Pança, todo orgulhoso.

Mal terminou de dizer isso e irromperam os dois porta adentro, soltando grandes e admiradas exclamações.

– Que glória e honra conhecer o verdadeiro Dom Quixote de la Mancha! – dizia um deles, que se chamava Dom Jerônimo, abraçando nosso cavaleiro efusivamente.

Depois de algumas trocas de amabilidade, Dom João, o outro estranho, mostrou o livro *Dom Quixote* ao próprio Dom Quixote. O fidalgo folheou a publicação com evidente desprazer.

– Num rápido olhar, já vi muitos erros praticados pelo autor. E quem erra nas pequenas coisas erra também nas grandes. Aqui diz que a mulher de Sancho Pança se chama Maria Gutiérrez, e na verdade seu nome é Teresa Pança.

– Coisas de maus historiadores! – disse Sancho Pança. – Veja aí, meu senhor, se não me trocaram também o nome.

– Sem dúvida, deveis ser o fiel escudeiro Sancho Pança! – exclamou Dom Jerônimo.

Os dois viajantes convidaram Dom Quixote e Sancho para jantarem juntos, enquanto continuariam conversando. O convite foi aceito.

Depois de muito conversar, perguntaram a Dom Quixote qual era seu destino mais próximo.

– Nosso destino era Saragoça, onde participaria dos torneios. Mas agora, depois de ver as mentiras que esse safado aragonês contou, jamais botarei os pés nessa cidade. Irei a Barcelona, onde poderei participar dos jogos sem ter o desprazer de estar numa cidade de mentirosos.

Depois destas palavras, os dois se retiraram para um merecido descanso.

Pela madrugada, partiram Dom Quixote e Sancho, depois de pagar muito bem ao vendeiro.

A batalha com o Cavaleiro da Lua Branca

Uma manhã, saindo Dom Quixote a passear pela praia de Barcelona portando todas as suas armas, encontrou um outro cavaleiro. Armado como só um ilustre homem de armas o faria, trazia um escudo com uma lua pintada no centro. Com andar soberbo e elegante, aproximou-se de Dom Quixote e falou:

– Insigne cavaleiro, permiti que me apresente. Sou o Cavaleiro da Lua Branca, cujas façanhas já devem ter chegado aos vossos ouvidos. Sei estar diante do não menos valoroso Dom Quixote de la Mancha e venho para cruzarmos nossas espadas. Quero que, depois de vos vencer, confesseis que minha dama, seja quem for, é sem comparação mais formosa que vossa Dulcineia de Toboso.

Dom Quixote ficou atônito com a arrogância daquele cavaleiro:

– Cavaleiro da Lua Branca, de quem jamais ouvi falar, aceito vosso desafio. Escolhei uma parte do campo e Deus dê a vitória ao melhor.

– Porém, nobre cavaleiro, quero impor uma condição. Se me vencerdes, ficarei ao vosso dispor, sereis o dono de minhas armas e de meu cavalo, e minhas façanhas serão incorporadas às vossas glórias.

A notícia correu.

Em Barcelona havia um vice-rei que, além de ser apaixonado por livros de histórias da cavalaria andante, acompanhava com grande interesse as aventuras de Dom Quixote. Uma de suas diversões prediletas era promover festas ao estilo da antiga cavalaria. Desde a chegada do Cavaleiro da

Triste Figura em Barcelona, o vice-rei acompanhava curiosamente seus passos, ansioso por conhecer pessoalmente aquele estranho fidalgo.

Assim que foi informado do desafio, o vice-rei correu até o local da contenda. Logo, uma pequena multidão reuniu-se ao redor dos contendores, excitada com a perspectiva de um bom espetáculo.

Montados, de lança em riste, imóveis e solenes, os dois cavaleiros, cada um no seu posto de combate, esperavam o momento de arremeter.

Nisso, um grito de guerra rompeu o ar e os dois dispararam, as lanças apontadas para um encontro donde só um sairia vencedor. O Cavaleiro da Lua Branca, que montava um cavalo muito superior ao pobre Rocinante, venceu dois terços da distância e – não se sabe até hoje se por acaso ou por assim querer – a lança não encontrou o alvo. Os dois animais, porém, colidiram com uma enorme força e o frágil Rocinante foi lançado a distância juntamente com seu cavaleiro. Imediatamente, o Cavaleiro da Lua Branca saltou da montaria e, antes que Dom Quixote pudesse levantar-se, meteu-lhe a espada na abertura da viseira, dizendo:

– Estais vencido, cavaleiro! Sereis morto se não aceitardes as condições do combate.

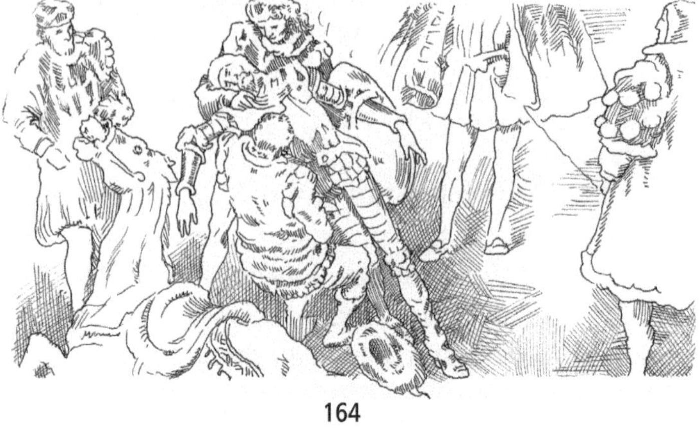

Dom Quixote, todo machucado e atordoado, com a voz débil como se falasse de dentro de uma tumba, declarou:

– Dulcineia de Toboso é a mais bela mulher do mundo e eu o mais infeliz dos cavaleiros. Golpeai, cavaleiro, e tirai-me a vida, já que me tirastes a honra.

– Jamais faria isso – respondeu o Cavaleiro da Lua Branca. – Viva em sua totalidade a incomparável beleza de Dulcineia, a quem conheço e presto homenagem. Minha vitória estará satisfeita se concordardes em voltar para casa e lá ficardes por um ano, ou pelo tempo que eu achar conveniente.

Como essa condição não era em prejuízo de Dulcineia, Dom Quixote aceitou. O cavaleiro vencedor montou e partiu a galope sem mais nada exigir ou dizer.

O vice-rei e mais algumas pessoas ajudaram Dom Quixote, pondo-o de pé e ajeitando-lhe a destrambelhada armadura. Sancho Pança, chorando, corria de um lado para outro sem saber o que fazer. Via seu amo vencido e obrigado a abandonar as armas. Temia que o golpe houvesse inutilizado definitivamente o pobre Rocinante ou aleijado seu amo.

Finalmente, mandaram buscar uma cadeira, onde instalaram Dom Quixote, e o levaram para a cidade.

Mas o vice-rei quis saber quem era o estranho cavaleiro que havia vencido nosso herói. Mandou buscá-lo. Não era outro senão o estudante Sansão Carrasco, o mesmo que havia sido vencido por Dom Quixote em idos tempos. Agora, apesar de ter jurado vingança, vinha salvar o fidalgo, obrigando-o a ficar um ano em repouso. Talvez esse período – que ele cumpriria, pois empenhara sua palavra de cavaleiro – o salvasse e o curasse dessas manias de cavalaria andante.

– Estais roubando ao mundo um de seus melhores loucos – disse o vice-rei. – Sua loucura inofensiva tem dado muitas alegrias para toda a Espanha. Em todo caso, é melhor que se cure...

Dom Quixote ficou de cama vários dias, triste, cabisbaixo e silencioso, mas determinado a cumprir a palavra empenhada.

Sancho Pança tratava de consolá-lo:

– Senhor, levantai a cabeça e alegrai-vos. Dai graças a Deus que vos ficaram inteiras as pernas e as costelas. Vamos voltar para casa e descansar uns tempos dessas aventuras por lugares desconhecidos. Eu, que deixei com o governo o desejo de ser governador, ainda tinha a esperança de ser conde ou qualquer coisa assim. Se Vossa Mercê abandona o caminho da cavalaria, esfumaça minha esperança...

– Calma, Sancho. Minha reclusão não passará de um ano. E um ano passa depressa. Logo voltaremos aos honrados exercícios da cavalaria andante.

– Deus vos ouça, meu amo, Deus vos ouça! – dizia Sancho, cheio de cuidados.

Dias depois, partiram nossos heróis, agora com destino certo: suas casas. Dom Quixote, desarmado e vestido com roupas simples, montava seu fiel Rocinante. Sancho Pança ia a pé, pois seu jumento carregava as armas e outras miudezas de viagem.

As três mil e trezentas chibatadas de Sancho Pança

Depois de viajarem vagarosamente durante o dia, acamparam junto de uma fonte para passar a noite. Comeram um fiambre trazido nos alforjes e arrumaram seus leitos ao pé de uma árvore. Sancho deitou e dormiu em seguida, com o corpo cansado e a consciência tranquila. Dom Quixote, recostado no tronco de uma árvore, pensava. Ainda triste e humilhado pela derrota, procurava a causa de tamanho castigo. Nisso, lembrou de algo que ficara perdido entre tantas aventuras. Agastado, cutucou seu escudeiro:

– Acorda, ingrato. Enquanto dormes como um bom cristão, que não és, eu fico aqui a remoer o cérebro, buscando soluções que tua pobre cabeça jamais encontraria!

Sancho acordou resmungando:

– Que soluções? Para que soluções a esta hora?

– Descobri que a razão de minhas últimas desgraças és tu!

– Eu? Como, eu? Pobre de mim... – choramingava o escudeiro. – Quem se meteu com o tal cavaleiro e perdeu foi Vossa Mercê...

– É, mas tudo seria diferente se houvesses cumprido tua obrigação!

– Obrigação? Mas eu cumpro todas as minhas obrigações!

Sancho não estava entendendo nada e não estava gostando.

– E as três mil e trezentas chicotadas, seu ingrato? Quando as pagaste? Onde estão as marcas em tuas costelas? É assim que cumpres com tuas obrigações? – perguntava Dom Quixote, visivelmente agastado.

– Ai, meu Deus, agora essa! Estou perdido! – exclamou Sancho. – Sabe, senhor, eu... eu tinha me esquecido.

– És um indivíduo sem coração. Tens as entranhas de pedra! – repreendeu o fidalgo. – Vamos, levanta-te e açoita-te!

– Mas a esta hora? Neste lugar tão desolado? Não seria melhor esperar o dia e um melhor terreno? – dizia Sancho, tentando dissuadir o outro.

– Não. É agora mesmo. Mas para que não penses ser um castigo tão duro, resolvi pagar-te por ele. Assim terás o que levar para tua mulher, que não terá boca para reclamar de tua ausência.

Sancho ficou interessado. Perguntou quanto receberia.

– Um quarto de ducado por açoite. É preço de amigo. São oitocentos e vinte e cinco ducados. Aceitas?

Sancho aceitou, mas impondo condições. Seria naquela mesma noite e Dom Quixote teria que contar as lambadas, mas não poderia assistir, pois isso seria muito humilhante para o escudeiro.

Dom Quixote não pôs objeções ao pedido.

Sancho então transformou o cabresto do jumento num robusto chicote e afastou-se alguns metros do acampamento.

– Vou começar, meu senhor. Por favor, não se esqueça de contar.

– Cuidado, bom amigo! Não vás rebentar teu precioso corpo. Bate comedidamente e faz alguns intervalos, para descanso – ia recomendando o bom Dom Quixote, extremamente penalizado com a sorte do escudeiro.

Cada chicotada era uma dor na alma do fidalgo. Sancho Pança, que podia ser ignorante mas não burro, já do oitavo golpe em diante transferira o castigo para o tronco de uma árvore.

– Ai, meu senhor, como dói! A finalidade é sublime, mas o castigo não compensa o preço.

– Continua, meu amigo. Dobro a parada. Minha amada Dulcineia merece.

Por fim, com o coração confrangido, mas feliz por ter cumprido tão dolorosa tarefa (para as costas do escudeiro), Dom Quixote contou o último golpe.

– Chega, meu bom Sancho, e obrigado. Mereces entrar para a cavalaria, depois de tão nobre feito.

– Deus me livre! – ofegou o outro, saindo suado e lamuriante do local do "castigo".

– O dinheiro te pertence. A mim pertence a felicidade de ver a bela Dulcineia desencantada – Dom Quixote falou com convicção.

Sancho Pança, enrolado num cobertor, dormiu o sono dos justos, enquanto sonhava que destino dar aos ducados tão bem havidos.

Na madrugada seguinte, prosseguiram até alcançar a aldeia da Mancha e em seguida a casa de Dom Quixote.

Sancho, ao ver a casa, caiu de joelhos.

– Recebe teu filho Sancho Pança, pátria querida! Que se não volta rico de ouro, volta milionário de açoites. E recebe também o nobre cavaleiro Dom Quixote, que volta vencedor da maior de todas as batalhas, que é vencer-se a si próprio.

E entraram os dois no pátio da casa. Quando foram notados, houve muitos gritos e correrias. Desta vez, porém, de felicidade.

O Cavaleiro da Triste Figura encontra a paz final

Quando ainda estavam no pátio da casa, vieram ao encontro dos recém-chegados o cura, o barbeiro, a ama, a sobrinha, o estudante Sansão Carrasco (o Cavaleiro da Lua Branca) e Teresa Pança, a mulher de Sancho. Vendo chegar os dois naquele lastimável estado, não puderam deixar de soltar exclamações penalizadas. Teresa Pança, mais gorda e deselegante, aproximou-se do marido e, com voz de que queria ser severa – sem o conseguir –, disse-lhe:

– Parece-me que chegas mais desgovernado que o governador. Nunca vi alguém voltar mais escalavrado de uma vitória.

– Calma, mulher. Muitas vezes as aparências enganam. Trago dinheiro, que é o que importa. O resto fica por conta das aventuras. Vamos para casa que vou te contar nossos sucessos.

E agarrando as rédeas do jumento numa mão, passou o outro braço por sobre o ombro de Teresa, seguindo juntos para casa.

Dom Quixote contou aos amigos que tinha empenhado a palavra com o cavaleiro vencedor e por isso ficaria em casa durante um ano. Disse que trataria de preencher aquele tempo cuidando dos campos e criando alguns animais. Os amigos ficaram felizes por saber que, afinal, o cavaleiro poderia curar o corpo ferido e, se Deus permitisse, a mente transtornada.

A ama e a sobrinha não cabiam em si de contentes, pois, apesar do gênio imprevisível do fidalgo, tinham-lhe um extremado amor.

Passaram-se muitos dias, em que todos não mediam esforços para bem cuidar de Dom Quixote, quer no trato do corpo, quer nas coisas do espírito. O cura e o barbeiro vinham todos os dias visitá-lo e ficavam longas horas entretendo-o com assuntos rurais, evitando falar em cavalarias e suas implicações.

Mas como as coisas humanas não são eternas, chegando sempre ao fim, especialmente a vida dos homens, Dom Quixote começou a viver os últimos momentos da sua. Talvez abreviada pela melancolia ou por disposição de Deus, seus dias terrenos seriam agora breves. Uma violenta febre prostrou-o ao leito por seis dias, durante os quais Sancho Pança esteve velando, sem se afastar por um momento sequer. Seus amigos – o cura, o barbeiro e Sansão Carrasco – não mediram esforços, auxiliando-o e trazendo o consolo de boas palavras. Nada disso parecia animar o alquebrado cavaleiro.

O médico, que o visitava periodicamente, na última visita chamou os amigos e lhes disse que o melhor era dar-lhe o consolo da alma porque pelo corpo já nada poderia ser feito. Foi uma consternação geral. Somente agora podiam medir o quanto de carinho e amor dedicavam àquele incrível fidalgo.

Dom Quixote, depois de um sono profundo de várias horas, chamou seus amigos e pediu-lhes que rodeassem seu leito, pois queria informá-los de suas decisões finais.

– Agora estou no meu perfeito juízo – disse com voz fraca, mas clara. – Tenho a mente limpa, sem sombras e sem ignorância. Sei que fui um louco, levado pelas absurdas leituras dos detestáveis livros de cavalaria. Agora vejo quantos disparates pratiquei, e o único que me entristece é ter-me dado conta tão tarde. Estou morrendo, eu sei, e gostaria de morrer de forma que resgatasse algumas de minhas loucuras.

– Para nós serás sempre o invencível Cavaleiro Dom Quixote de la Mancha! – disse Pança, chorando desconsoladamente.

– Nada disso, meu bom amigo. Agora sou simplesmente Alonso Quixano e estou odiando todas essas histórias de cavalaria andante. Sinto que me vou logo. Quero fazer meu testamento. Por favor, tragam o escrivão para ditar-lhe minha vontade final.

Chegando o escrivão, Dom Quixote, agora simplesmente Alonso Quixano, fez seu testamento, deixando para Sancho o dinheiro que havia ganhado e mais os três jumentos há longo tempo prometidos; para sua sobrinha, deixou toda a propriedade; para a ama, mandou que lhe pagassem todos os salários que merecia desde a longa data em que o vinha servindo e mais vinte ducados de ouro; aos amigos, pediu que esquecessem as façanhas do louco Dom Quixote e não lessem qualquer livro de cavalaria, muito menos aquele que, diziam, contava seus feitos.

Todos ficaram admirados da lucidez do fidalgo. Ao final, conquistara o juízo que perdera.

Depois de o testamento escrito e assinado, saíram todos do quarto, só ficando o cura, que ouviu suas confissões finais.

Quando o cura saiu, murmurou aos amigos que o nobre homem estava morrendo.

E assim, no final da tarde, morreu o Engenhoso Fidalgo Dom Quixote de la Mancha, agora simplesmente Alonso Quixano, o Bom. Tão bom, tão puro e tão honesto que sua vida e sua história trespassarão os séculos, enaltecendo suas virtudes e louvando sua loucura.

QUEM É JOSÉ ANGELI?

José Angeli, gaúcho, até os quinze anos conviveu com a grande biblioteca de seu pai, onde leu tudo o que encontrou pela frente. Depois disso, lançou-se à aventura. Foi radialista, fotógrafo, agrimensor, jornalista, redator de publicidade e exerceu muitas outras profissões.

Como agrimensor, acompanhou migrantes gaúchos pelo sertão do Paraná e topou com colonos desbravadores, jagunços, contrabandistas, grileiros e posseiros. Voltou ao Rio Grande do Sul, onde continuou os estudos, e viveu outras aventuras.

Tempos depois, José Angeli viveu em Curitiba, no Paraná, trabalhou em uma agência de propaganda e escreveu livros. *Cidade de Alfredo Souza* é um deles e conta a história de uma cidade construída no interior paranaense por jagunços, colonos e aventureiros. Angeli sempre gostou de ler os clássicos e se sentiu muito feliz ao ser convidado para adaptar o clássico *Dom Quixote* para jovens leitores.

Faleceu em 2012